辻のあやかし斬り夜四郎
呪われ侍事件帖

井田いづ　Idu Ida

アルファポリス文庫

https://www.alphapolis.co.jp/

序

冷たく吹いたつむじ風が色づいた落ち葉を巻き上げて、たまは思わず身震いした。この破れ寺《やでら》に火鉢などという気の利いたものはない。庭先を見やれば、寺に棲みついた烏が一羽、舞う落ち葉と戯れるようにして遊んでいる。

町はずれのこの寺で、たまと夜四郎《やしろう》は揃って紙に筆を走らせていた。たまがあやかしの絵を描き、夜四郎がそこに物語を書き添える。

墨で描かれるのは、あやかしたちとその物語だ。彼らを忘れないための、二人で紡ぐあやかし手帖。百八の物語を集めるためにこれを作るようになってから半年が経とうとしていた。

「夜四郎さま」

たまは筆を止めて侍を見上げた。十四を数えるたまよりもうんと大きいその背中は、ずいぶんと疲れて見える。

「手帖も厚くなりましたね」

「そうだな」

「すぐですよ、百八なんて」

「そうだといい」

夜四郎も筆を止めて頷いた。

最初こそ、その数にたまげたものの、一緒に奔走するうちにそう遠くない目標に思えてきた。なにせ、たまはしょっちゅうその手の話を持ってくる。夜四郎の悲願も、うまくいけば年内に達成できるのではないか。

時折その先のことを考えてしまうが、まずは目の前のことを一つずつ。急いてもろくなことはなし……というのはたまの座右の銘でもある。

二人で描き終わったものを確認して、それから満足そうに夜四郎は頷いた。

「それだけ長いこと、おまえさんの世話になっているということだな」

これからも頼むぜ、という夜四郎に、たまはドンと胸を叩いて見せた。どちらかといえば、たまが世話になっている面の方が大きいのだが、あの日交わした約束は持ちつ持たれつ、だ。

もしもあの晩、あの辻で出会わなかったらと、たまはふと考える。

傍らで、風に遊ばれてぱらりぱらりと手帖が捲れ、一番初めの頁が開かれた。

この頁が描かれたのは、たまと夜四郎の出会った、まだ春の香りが残る頃……

壱話目　ろくろくび

○

くらい夜だった。

びゅうびゅうと冷たい風が吹きつけている。その中を女は軽い身なりで——それも裸足のまま歩いていた。風に巻き上げられて乱れた髪が顔にかかってもお構いなしに、女は歩く。

すでに夜深く、通りにはほかに誰の姿もない。

一歩、また一歩と踏み出すたびに小石が柔肌に食い込んで血を滲ませる。それでも女は止まらない。ただただうつろな目でどこかを見つめながら、灯りの落ちた道をどこへともなく進んでいく。

——ああ、悲しい。

——なのに、愛おしや。

——ほんとうに、恨めしや。

きっと迎えに来るといった男を、女はずいぶんと待ち続けた。首を長くして待ち続けた。あんな奴を信じるなんて馬鹿な女だ、あいつは逃げた、おまえを捨てたのだと周りからどんなに謗《そし》られても、それでも女は諦めきれなかった。

その間、春が何遍来たことか。夏が、秋が、冬が何遍来たことか。

どれだけ待ち続けてもあの男はついぞ女の元へは来なかった。細々と来ていた便りすら途絶えて久しい。それでも女は約束一つを信じて待ち続けていたのだ。

――ほんとうに、ひどい人。

あの盗人は人の心を盗んで、人の一番の宝を盗んで、一体どこへ消えてしまったのだろう。何処かでのうのうと生きているのだろうか。一緒に消えてしまったあの子はどうなったのだろう。きっと母である自分の顔も――存在すら知らないで生きているのだろう。

何もわからないのだ。女は何一つ知らなかった。

――全てを知りたい。苦しいくらいに憎らしい。

――けれど何も知りたくない。怖くて、恐ろしい。

こうも無力に裏切られるのなら、たくさんの季節を無駄にするくらいなら、せめてあの男に一泡吹かせてやれたらよかったのに。一言己が悪かったと、迎えに行けなくてすまなかったと言わせてやれれば、それだけで。

今日も町の何処にも男はいなかった。家にも勿論来なかった。便り一つ来なかった。

ぷつん、と女の中で何かが切れた。

女はようやくその足を止める。目の前に影を落とすのは、見上げるばかりに背の高い大きな松の木。

「ああ、恨めしや――」

吹いた風に首を長くした女の影がぶらりと揺れる。

壱

いつ頃からか、その辻には辻斬りが出るらしいとけったいな噂が立っていた。

しかもただの辻斬りではない、その形《ナリ》をしたあやかしだというのだから余計に不気味だった。

噂好きな人々の口にあやかしの話が絶えないのは常のことだし、昨今流行っている怪談の数々も今に始まった話でもない。……ないのだが、よりにもよって一人で出かけている時にそれを思い出してしまうなんて――お遣いからの帰り道、たまは思わず身震いした。

堪ったもんじゃないとたまは思う。だって件《くだん》のその辻は、たまが働く団子屋の目と鼻の先にあるのだ。何処か遠いお城なり、知らない土地でのお話ならともかく、きわめて身近な場所なのがいけない。つい気になって、ついあれやこれやと考えてしまって、殊更《ことさら》怖いったらないのである。ひゅうどろろ、そんな風が吹くだけで毎度毎度震え上がってしまうのも、仕方のないことなのだ。

その辻のあやかしについては法螺《ほら》話《ばなし》だという人も少なくはない。なにせ、誰が調べても何の痕跡も見つからないのだ。誰かが人らしき影を斬るのを遠目に見た人はいる。誰かがそれに斬られる様を遠目に見た人もいる。

それなのに斬られたはずの死体を見た人も、斬ったその辻斬りの姿をハッキリと見た人もどこにもいないのだ。

辻に差し掛かるところで辻斬りを見たような気がして、おっかなびっくりそこへ行ってみれば死人も咎人《とがびと》もいなく、もぬけの殻だったとか。一度噂におびえた町の人に泣きつかれた岡っ引きが渋々様子を見に来た時もやはり何もない。

それが一層話を不気味に仕立てていた。

辻斬りはやはりあやかしで、斬った人を妖力で消してしまったのだろうか。それとも異様に片付けが上手い人間の辻斬りなのだろうか。はたまた酔っ払いの見た幻だったのか。

あんなのはただの作り話さ、怖がることはないさと団子屋に来た客も言っていた。事実人が斬られていたとして、その惨劇の現場に血の一滴もないなんてことはあり得ないのだからと。

しかし、そんなことはたまにはどうだっていい。

——嘘でも本当でも、怖いもンは怖いのよ。

菓子箱を包んだ風呂敷をぎゅっと抱えて、たまはだんだんと駆け足になっていく。

お得意様に饅頭を届けた帰り道である。頼まれたものを届けて終わり……のはずが、お茶をいただくついでに当の届けた菓子までいただいて、ついには昼餉《ひるげ》まで馳走になってしまったのだ。得意先の老夫婦はたまを孫娘のように可愛がって、会うたびに色々な話をしてくれるものだから、帰る頃にはとっぷりと日は落ちていた。

たまの帰りがこうやって遅くなるのは今日が初めてのことでもない。実年齢よりもいくばくか幼く見られがちなたまは、行く先々でなんやかんやとご馳走になるものだから、おかみさんもだんなさんも帰りが遅くなることは想定済みだろう。

ここら辺は物騒な噂も（辻のあやかしの話以外は）聞かないし、たまとしてもきっと二人ともそんなに心配はしていないだろうとも思う。今日はお店の方もそう忙しくはなかったから、その点についても何ら問題はない。

問題は、帰りが夕刻を過ぎてしまったということだ。

暮れ六ツの逢魔時《おうまがどき》――まだそう遅くもない時刻だというのに、通りに他の人影は見当たらない。きっと家の中にはいるのだろうが、通りを歩くのはたまだけである。があがあと烏のわめき声だけが響き渡る。

なにも一日中こんなに閑散としているわけではない。

朝昼は辻売りや町人なんぞで賑わうし、夜も屋台や蕎麦屋が出たり飲み屋が開いたりで大いに……とはいかないまでも、多少なりは賑わっている。しかしなぜかこの時間帯だけは、ぽっかりと空洞が空いたみたいに人の気配がまるきりしなくなるのである。

仄暗くなりかけた空の下、件の辻に差し掛かる手前――そこでたまは足を止めた。

人影だ。

見れば二つの影が忙しなく動いている。追いかけているのか、喧嘩でもしているのか。背格好を見るにどちらも男だろう。それがどんどんこちらに近づいてくる。

たまは菓子箱を胸にきつく抱いて一歩退がった。

まさか、件のあやかしとその被害者か。もしくはただの連れあって歩く町人なのか。安心してもいいのか、いけないのか。考えている間にも影は近づいてくる。

せめて身は隠そうと天水桶《てんすいおけ》のそばから首だけを出して、目を凝らして――すぐに答えは出た。

迅《じん》、と風が鳴いたように聞こえた。

だんだんとはっきり視えてくる。片方の男は抜き身の刀を手にしていた。もう一人の首を横薙ぎに一閃したのだと遅れて理解する。血飛沫の如き黒煙がぶわりと男から噴き上がるのもわかった。それら全てがほとんど落ちかけた夕陽によって影絵になって、男の首が飛ぶのまでもがよく見えた。どさりと男の体が地面に崩れて、遅れて頭が落ちた。

たまは必死に手で口元を押さえた。悲鳴は何とか呑み込んで、それでも、歯が鳴ってしまう。

一部始終視てしまった。辻のあやかしの蛮行を視てしまった。

たまはもう一歩退がる。

震えた腕から空の菓子箱がこぼれ落ちて、がらんがらんと派手な音を立てて転がった。抜き身の刀を握った男の目がこちらに向く。のっしりと歩いてくる影に叫ぼうにも、息を大きく呑み込んでしまって声も出ない。

「ひ、ぃ……っ」

こちらを向いた男の口が開いたような気がして、男が何かを言いかけて――。それを見届ける前に、たまは意識を手放すことを選んだ。

たまは、おっかないことは嫌いなのだ。

◆◇◆

――実に恐ろしい夢を見た。

人斬りの現場を見てしまい、辻斬りに見つかってしまった夢。きっと夢に違いない。絵草紙か何かを眺めているような――とにかく現実味のない光景だった。

夕闇に沈む辻、鋭い風切り音、ごろりと落ちた首の影、噴き出す血飛沫、そしてこちらに向かってくる辻斬りの――

はっとたまは意識を覚醒させた。

あれからどれだけ経ったのだろう。外は既にとっぷりと夜に浸かり、星空が破れ寺《やでら》の役割を半ば放棄しつつある天井の隙間から、顔を覗かせている。

――此処はどこだろう。

たまは痛む頭を押さえながらのそりと身を起こした。枕元には菓子箱がきちんとお行儀よく並んでいる。袂《たもと》に入れておいた巾着はそのままだし、身に着けた何もかもが普段のままである。当然だが切り傷一つない。

「……たまは道中で、居眠りを……？」

まさか！　たまは思わず頬をぺちんと叩いてみた。ちゃんと痛い。痛いということは、今はもう夢の中などではない。そんなまさか！　いくら抜けたところのあるたまとて、道端で眠りこけるなど、そこまでうっかり者ではないはずだ。

たまは座りなおして、何処から夢なのかと考えてみる。菓子箱の中は空っぽで、お遣いに行ったのは夢ではない。腹の虫もおとなしいのだから、昼餉《ひるげ》をいただいたのも確かだ。

しかし帰り道に、こんな破れ寺《やでら》などあっただろうか。あったとして、いくら疲れていたとしても、そんな所でわざわざ居眠りするだろうか。店は目と鼻の先だったのに――そもそも、たまは辻を歩いていなかったか。歩いていたはずだ。帰るべき場所の近くにいたのに、わざわざこんな所に移動するものだろうか――

くんくん、と鼻を鳴らすとやや焦げ臭いような、それでいて甘く香ばしいような香りがした。近いものはからいもだが、今は春である。やや時季外れだ。耳をすませば、どこかで人が動く音も聞こえる。

どうやら誰かが道端で眠りこけたたまを、ここまで運んできたらしい――とたまは結論付けた。

その人がただの親切な人なのか、はたまた、たまを気絶させてここまで運んだ人攫いなのか（だとしたら随分気の抜けた人攫いにはなるが）、もしくは何も知らないたまたま近くを通っただけ人なのかは知らない。知らないが、今は逃げるに限るという点は確かだ。

もし、相手がいい人であった場合はひどく無礼なことになるが、それなら後から店の人と一緒に礼と謝罪に来ればいい。問題は相手が悪い人だった時だ。相手が人攫いなら今のうちに逃げねばばかだ。大間抜けだ。

——ようし、今のうちに逃げちゃおう。

たまはすぐにそう決めた。

音を立てないように這うように移動して、手近な障子戸（の体をギリギリ保っているだけの板）をそっと横に動かした。

隙間からそろりそろりと軒先に出れば、たまの履物がきちんと揃えて置いてある。たまは大方ガサツに出来ているので、履物まで整然としていると、いよいよ自分でここまで来たという説はなくなった。

はたしてたまを助けた理由は親切心からなのか、邪《よこしま》な企みあってのことなのか——たまにはそこの所がわからないので、気休めに背後に向けてお辞儀を一つしてから、そそくさと出ていくことにした。

たまはめっぽう怖がりだ。

奇怪な事象やあやかし、怪談話は勿論、怖い。しかし更に怖いのは生身の人間だと知っている。人斬りも人攫いも怖ければ、怒ったおかみさんも大変恐ろしい。帰るのが夕方ならまだしも、無断でこんなにも遅くなってしまって、きっとうんと叱られるに決まっていた。

古い木ののっぽな影、植え込みの低い影、隙間から月明かりの溢れる塀の傍……と目立たぬように抜き足差し足で移動して、これまた古くて崩れかけた門まで歩く。首だけを門から出して見渡せば、右手の奥に橋が架かって、見覚えのありそうな景色が続いている気がした。なるほど、ここはあの辻の近所らしい。

だだっ広い境内にはたまの歩く音だけが小さく響いていた。他に音はない。

そこでふう、と気を緩めたのがいけなかったのかもしれない。

背後からぬうっと影が伸びて、頭の上から声が降って来たのだ。

「おう、元気になったか。帰る前にちと話を聞きたいんだが……」

振り返る。見上げる。目が合う。

音もなく気配もなく、いつの間にかそこに人がいたのである。

見覚えがあった。

無造作に束ねられたボサボサの総髪に、鋭い瞳。無精ひげが生え放題で、身につけた小袖も袴も随分くたびれて所々ほつれて見える。

浪人者だろうか。よっぽど家計が火の車なお侍なのか。いや、そんなことはどうでもいい。ただ一つ確かなこと――あの瞬間は顔も姿も真っ暗で見えていなかったのだが、それでもたまは確信していた。

——この人、あの辻斬りの……！

さっき見た、あの影を纏った男だ。気づいていると思われてはいけない、悲鳴を上げてはいけない、そう思いつつも、ひゅっと喉を息が通ってから、

「ひいいぃいいやぁぁぁあああああ！」

今度はしっかり悲鳴が出た。

二度目なので、流石に失神まではしない。代わりに夜闇を裂いて響き渡った悲鳴に、男は耳を押さえる仕草で応えた。視線がかち合うと、男はどこか安心したように息を吐く。

「よかった、そんだけでけえ声が出たら大丈夫そうだな。打ちどころも悪くなかったらしい」

出た言葉は呑気なものだった。あまりに呑気すぎて、得体の知れないものを感じたたまはぞっとして後退《あとずさ》る。

団子屋の娘にすぎないたまは、何処にでもいる非力な少女でしかない。帯刀している相手に背後を取られて、どうこうできる力も技も持ち合わせていない。しかし目と目を合わせて、悲鳴まで浴びせたのだ。今更無視もできない。

必死に思考を巡らせた末、たまは相手の良心に訴えることにした。

「おおおお許しくださいませ、いい命ばかりは、おおお助けくださいませ！」

言葉の勢いのままその場に膝をついて、頭を地面に擦り付けて懇願する。男としても予想外の行動だったのか、覿面《てきめん》に狼狽し始めた。

「待て待て、俺はまだ何も言ってはいないだろう！　おまえさんは何を言っているんだ」

「たたたたまは何も視てはおりませぬ！」

「わざわざ正直にどうも！　いったい何を言っているんだ。まずは落ち着いてくれねえか」

男は両手を上げて身に覚えがないと訴えるが、一種の威嚇行為にも見えなくもない。怯えきったたまに、根がいい人なのだろう、男は距離をとってしゃがみこんだ。目線は合わせて、両手は降参を示すように上げられたままだ。

この男が言うには、夕刻に幼げな女の子が一人でいて、しかも突然ひっくりかえって気絶したものだから、その場に放置もできずに寺に運んだということだった。なかなか目覚めず、しかし目立つ怪我もなく、つい気を緩めていたところ、突然起きて出ていく気配がした。それで仕方なく背後から声をかけたのだと釈明した。

それなら誰か近くの家の人を呼んでくれとも思わなくはないが、できない事情も時にはあるものだ。少なくとも、たまの目には男が嘘をついているようには見えなかった。

「すまん、怖がらせるつもりはなかった。やむを得なかったんだ。あの通りは、まだ危ないモノが……」

　はたと男が言葉を止めた。一方、存外真っ当な応対をする男にたまはほっと安心して、そんな様子には気がつくはずもない。

　人間にも良いものがいて悪いものがいるように、きっとあやかしもそういうものなのだと早合点。たまこそ申し訳ありませぬ、と頭を下げた。

「ご親切に、ありがとうございました。辻であやかしさまが、な、為されていたこと、たまは一切合切何も視てはおりませぬので！」

　言ってから、アッと口を押さえる。視ていないのなら言わない方がよかった。視ていないのだから。男はにやりと笑った。

「ははあ、そういうことか。合点がいった」

　たまは両手で顔を覆った。要らないことばかりこぼすのだ、たまの口は。男は立ち上がると、すたすたと距離を詰めた。たまは縮み上がるばかりで一歩も動けなかった。

「そう、おまえさんに聞きたかったんだ。視えているのか、どこまで視えるのか――全部視ていたんだな」

　瞬間、男の輪郭がひどくぶれて、たまは顔をそむけた。手の届く距離にいるのに、笑った男の顔が、よく視えない。

しばしば客から聞く怪談では、おどろおどろしい化け物たちが『見～た～な～』と地の底を這うような声で責め立て、追い立て、襲ってくる。そう、男がいくら親切でたまを介抱してくれた良いあやかしだとしても、それは変わらない。

――彼は町を騒がす、辻のあやかしなのだ。

たまはまた地面に這いつくばった。男が狼狽《うろた》えたのを空気で感じ取るが、そんなものは関係ない。

「ももも申し訳ございませぬ、辻のあやかしさま！」

「ま、待て、なんだって？　辻のあやかし？　この俺が？」

「血みどろ、ぶしゅりな事件などたまは視ておりませぬ！」

「そうら、はっきりと視ているじゃないか！　いや、俺は怖がらせたいわけじゃなくてな、確かめたいだけなんだよ。なあ、おまえさんは俺を、俺と一緒にいた奴を視たんだな？　あの辻で、俺があやかしを斬ったのを視た」

「ひええ、やはりお斬りに……た、たまは口が裂けても誰にも言いませぬ！」

「信用ならん口だが……いや、今はそんなことはどうでもいい。信じてはもらえんだろうが、俺はあやかしを斬る側だ」

「あ、あやかしを？」

「だから、教えてほしい」

そう言って、男は己の目を指さした。そしてたまの目を覗き込む。逃げようとして、たまは尻もちをついた。

「なあ、きみにはあやかしの――彼方《かなた》に棲むモノの姿が、はっきりと視えているな？」

「……」

たまは思いっきり目を逸らした。

人の世である此方《こなた》の反対側には、あやかし、幽霊、その他化生《けしょう》の存在する彼方《かなた》の世がある。普通、それは人の目に映ることはない。

そこにいる存在に視えると気がつかれてはいけないと、遠い記憶の中で、父によく言われていた。あやかしとは言葉を交わしてもいけない。近くに寄らずに互いの境界を守っているべきだと。

うっかりしていたと唇を噛む。だって、大体のあやかしは知らぬふりして通り過ぎれば、ここまで関わってはこないから。攫われたり脅されたりしたこともない。

そういう存在がいるのは物心ついた頃から知っていた。けれど、今日まで深く関わったこともないのだ。

たまの目は常人と変わっている。

左目に此方《こなた》を、右目に彼方《かなた》を映し、二つ重ねてその境界を視る――ゆえに、たまは人一倍、怖いモノを見つけやすい。あの角に老婆がいる、誰もいない部屋に子供がいる、幼いたまは何度か口に出してしまったこともある。それを父は優しくたしなめてくれたものだった。

異なる世が視える者は、良くも悪くもその橋渡しをしてしまうと言われている。胡《う》乱《ろん》なものに狙われる。怖いことに巻き込まれる。だから、気づかれてはいけない。

この男はたまの目が特殊であることを感じ取ったらしい。

「ようやく俺にも運が向いてきたというわけだ。なあ、おたま、その目でもう一度、今度はようく視てくれねえか。俺は……あやかしなのか？」

なんで名前を、と言いかけて、そういえば自分で「たまは」「たまが」と連呼していたことを思い出して閉口する。

「頼む、俺はまだ……」

声に滲む切実な響きを感じて、たまは恐る恐る男を見上げた。

じっと見つめて、そっと左目に蓋をして、次に右目に蓋をして、おやっと動きを止めた。おかしい。何度やっても同じ景色に首をひねる。左の目にも、右の目にも、頭からつま先まで男は同じように映っていたのだ。

あやかしの視え方は時によってまちまちで、体半分がゆらゆらと蜃気楼のように揺れて視えるだとか、頭だけがちかちかと光っていたとか、影絵のようだとか、はたまた残像のように視えるだとか、そういう風に映るものだった。たまがあやかしを視る時、左の目に映る姿と、右の目に映る姿は決まってばらばらなのだ。

見る。視る。黒い陰りのようなものを背負った侍がそこにいる。決して生きた常人のそれではないが、だからと言って彼方《かなた》の存在とも視え方が違う。右の目にも、左の目にも、はっきりと同じように映り込む。重ねた景色に違いはない。

これではまるで――

「お、お侍さまは、あやかしではないのですか？」

たまは驚いてこぼした。そういえば、あやかしを斬るのだと彼は言っていた。

――つまり、彼もたまと同じ世界を視る人間なのか。

たずねてみると、彼は少しだけほっとしたような表情になって、いいや、と首を振った。

「生憎と、俺の目には人もあやかしも同じに見える。どちらも見ることはできるが、違いがわからんのだ」

「すみませぬ、たまはてっきり……」

「この俺が、あやかしだと？　俺はまだ死んじゃいない」

それにしては、とたまは改めて男を視た。

端的に言うならば、男は影のように仄暗かった。ちょうど真上に薄く影を落としたみたいに、ほんのりと陰っている。夜とは言え、月明かりの下、木陰、篝火《かがりび》の側でも光の加減が全く変わらないのはいくらなんでもおかしい。

そのくせ、顔の造形ははっきりわかるのだから不思議である。輪郭は蜃気楼のように揺らめいては止まって……を繰り返していた。

「だが、きみのように普通の身体でもない。あやかしに近い、故にきみも誤解したのだろうな」

「えっ」

あやかしじゃないと言ったのに！

たまが驚いて見上げると、男は楽しそうにからからと笑った。子供みたいにあしらわれたと気がついて頬を膨らませると、それを見て彼はまた笑い、軽い調子で詫びた。

詫びてから、不思議なことを言った。

「嘘でも冗談でもないさ。事実、俺はまだ死んじゃいなくて、普通に生きてもいない。どちらも正解だということだ」

それは一体どういう状態なのだとたまは首を傾げた。なぞかけだろうか。たまはあまりその手のものは得意ではない。

男は歩こうか、と町のほうに顎をしゃくった。

「きみもそう長くここにいるわけにもいくまい。見送るついでに、一つ俺の話を聞いてくれないか」

「はあ」

たまはおとなしく後に続いた。少しばかり前の話にはなるんだが、と男は前置きした。

「家にあやかしが紛れ込んだんだ。人知れず退治しようと意気込んだがしくじってな、俺はまんまと身体を奪われて呪いをかけられた。だが、その時に完全に死んだってわけでもないらしい。半死半生といったところかな、普通に生きていた頃と加減は違うが……あやかしみたいに常人に視えないということもない。だが、気がついてもらえないこともある。相手が認識しなけりゃ、俺はあやかしみたいに視えないものになっちまう」

要はどっちつかずの存在なのだと語る。口調は淡々としているが、双眸《そうぼう》はまっすぐに目の前の闇をにらんでいた。

男が蜃気楼のようにゆらめいているのは、此方《こなた》と彼方《かなた》、そのどちらの存在でもあるから。だから、たまの両目に変わらなく――それでいておかしな風に映っているのだ。

あやかしを斬る半死半生の侍――それが、辻のあやかしの正体。

本題に入ろう、と男が手を叩き、まだ本題じゃなかったのか、とたまは驚いた。

「細かいことは追々話すが、俺の身体を取り戻すためには、此方《こなた》に縛られた百八のあやかしを彼方《かなた》に還す必要がある。そうあやかしと約束した」

「百八！　多すぎやしませんか！」

「まあな。世の中に妖怪譚がありふれていると言っても、俺には生きた人間と紛れ込んだそれの区別がつかない。まるきり人の姿から外れてりゃあ楽なんだがな……、そこで、おたま。きみの出番というわけだ」

急に言われたので、たまは前につんのめる形で急停止した。なぜそこでたまが出てこなければならぬのか。

「あ、あのう、たまはただの団子屋の娘です」

「いやいや、謙遜することはない。俺一人では、辻に居座るしか術がないんだからな。あやかしの出やすい時間まで粘って、怪しいやつを見つければ相手が人かあやかしか数日監視して……それでも尻尾を出さないと斬れるもんも斬れない。だが、おまえさんならわかるんだろう。どれだけ巧妙に隠れていても、視ればそれとわかる」

「おおお待ちください！　た、たまはとてもお役に立てるような者ではございませぬ！」

たまは大慌てで頭を振った。堪ったもんじゃない、と思う。どうして、怖い話に首をつっこまねばならないのか。

百八のあやかし——実際にはこれまでに男一人でもどうにかしているだろうから、

残りはもっと少ないのかもしれないが、いつ終わるとも知れない話なのだ。ただ視えるだけの、たまの力を買い被られても困る。

第一、一介の町娘には危険極まりない話だ。帯刀した侍に、未知のあやかし。侍である彼は戦いなれていようが、たまは精々包丁しか握ったことがなく、包丁だってまな板の上の魚や豆腐と闘うばかりの日常なのに。

そんな小娘を連れて、彼はどんなあやかし退治を演じるというのだろう。まさか囮《おとり》として……というわけでもあるまい。

「たまは身を守る術も知りませぬ。きっと足手まといにございます」

「むう……」

男は渋い顔になる。顎に手を添えての思案顔。

この隙に逃げてしまおうか、なんて考えもよぎる。

しかし男が居合の達人なら一瞬でお陀仏だからじっとしている方が吉か、もし斬るつもりなら既に斬っているはずだろうから今からでも逃げるが勝ちか……などと迷っているうちに、男がまたたまの方に目を向けた。たまは逃げそびれた。

「なるほど、まずはきみを安心させねばならんな。確かに、いきなり巻き込むのも、道理が合わないか」

「そうなんです」

「わかった」

「おわかりいただけたでしょうか」

「ああ、ちと考えて出直そう」

「……出直す、です？」

聞き間違いだろうか。たまの問いかけに男は薄く笑っただけだった。

言うことを聞かせるために刀で脅すだとか、無理矢理に連行するつもりは（少なくとも今は）ないらしい。話くらいは聞いてくれるかい、と聞かれて、

「あい」

うっかりたまは頷いてしまった。できないことをできるというつもりはないが、できる範囲の話なら、たまは頼まれごとに弱いのだ。

再び歩き出した二人は、あっという間に橋のたもとについた。驚いたことに、見覚えのある橋だった。

「ここからは近いのか、きみの家は。腹が減っていたら……」

「いえ、たまの家には団子やお饅頭がございますので、ここまでで！」

「ふうん、団子に饅頭ねえ」

男は考えるように明後日の方向を見て、またたまの方を向いた。

何を考えているのか、楽しんでいるのか、さっさとお暇しなければと、たまは已に

言い聞かせた。余計なことを口走る前に、早期撤退が肝心だと言い聞かせる。

「で、では、お侍さま。たまはここで」

「そうだおたま、名乗り忘れていたな。俺は夜四郎だ」

「夜四郎さま、でございますか。その、本日はありがとうございました！」

唐突な自己紹介に首を傾げながら、たまは急ぎ足で橋を渡る。背中に声がかけられる。

「あやかしは斬ったが、近ごろは怪しい人間も多い。近くまで送ってやろうか？」

「結構でございます！」

笑い声がして、風が吹きつけた。せめてお辞儀だけでもしておくべきかと振り返るが、渡り切った橋の向こうには深い闇が落ちていて、何も見えなかった。ぞぞと背筋が粟立って、たまは跳ねるようにかけ出した。

たまはかけっこなら得意なのだ。

弐

結論から言えば、たまは大して叱られなかった。

おかみさんもだんなさんも「ずいぶんと遅かったねえ」と目を丸くはしたが、「まあ、娘っ子一人で出歩くもんじゃないよ」と言って、それだけだ。

身構えていたたまとしては拍子抜けだったのだが、半刻もすると誰の口からも昨日の晩の話題は出てこなくなり、翌日にはたまもけろりとして普段通りに戻ったのである。

たまの働く「志乃屋《しのや》」は通りに面した表店で、それなりに繁盛している。ただ、店で食べていくというよりも買っていく、あるいは家まで届けるように頼む人が多い。春の穏やかな陽気の下、店先に並べた床几《しょうぎ》にはお客さんが数人腰かけて、団子や麦湯を楽しんでいる。

「おうい、おたまちゃん、一皿！」

頼まれればすっ飛んでいく。世間話をしながら、次のお客が来れば声をかける。たまは注文を取って、団子を渡して、また次の人の注文を取って、近場に届けて……そうやって目まぐるしく働いていると、おかしなものが視えることも、それについて考えることもなかった。

あさり売りや豆腐売りが通り過ぎて、何人か見知った顔や見知らぬ顔が客として来ては帰って、昼過ぎになって、おかみさんから休憩しておいでと声がかかった。ついでに炙りすぎた団子と茶も出してくれたので、たまは早速店先で食うことにした。

どのみち、今の時間は客が少ない。たま一人店先で食べても営業妨害にもなるまい。

熱い茶に、糖蜜のかかった団子、貰った漬物をそえる。

ほくほく、ぽりぽり、ごくごく、もちもち、ぽりぽり、ごくごく……

こうしてのんびりと陽に当たっている今はなんという贅沢な時間だろうと堪能していた。

──大抵、そういう時に来るものである。俗に言う嵐というものは。

「よう」

覚えのある声。振り向いたら、覚えのある姿。嵐も嵐、大嵐、そこにいたのは辻のあやかし改め、夜四郎だった。

食べ終わった頃でよかった、食べている最中だったら取り落としていたにちがいない──たまはあんぐりと口をあけた。

「や、夜四郎さま、なぜここに」

「なぜもなにも、昨日話なら聞くと言ったじゃないか」

確かに言った。たまは昨日の自分を恨む。

しかし、昨日の今日で住処を言い当てられてしまうなど！

驚くたまに、夜四郎はあっさりと言う。

「おたまが言ったんじゃないか、家は団子屋だと。空の菓子箱も持っていたし、前掛けにも屋号が入っていた。あの辻から近いのはこの店だしな」

　どうやらたまの口が軽かったらしい。慌てて口を押さえるが、出てしまった言葉は戻らない。迂闊な己を重ねて恨みながら、たまは慌てて立ち上がった。

　お客様ならもてなさなければ。ちょうどおやつも終わったところだ。

「で、でしたら、どうぞ……お団子でよろしいでしょうか」

「ああいや、すぐに終わる用事だ。団子を食いに来たわけではないさ」

「ここは団子屋でございますが」

　言いながら、たまは改めて夜四郎を観察した。

　お天道様の下にいても相変わらず、日陰に立っているかのように陰っている。かなりの長躯で目立つはずなのだが、通りを歩く誰もこちらに注意を向けていない。店の中に目を向けても誰もこちらを注視しているわけでもない。

　あやかしと人の狭間にいる、呑気で、町娘にも気さくな風変わりな侍。彼はどこから来て、どうやって暮らしているのか。あの寺にはいつから棲みついているのだろう。たまは彼にどう対応するのが正解なのか、考えあぐねていた。

「今日はおまえさんに相談があってきたんだ。おっと、俺の手伝いの件じゃないぜ、今回のところは」

　夜四郎は静かに床几《しょうぎ》に腰を下ろした。とんとん、と隣を促されるので、たまは間をあけて座った。

「おまえさん、これまで——十年くらいか？　視えることをどうやって隠してきたんだい。どれほど幸運だったかは知らんが、考え事がすぐに顔に出るきみのことだ。これからもそううまくいくとは限らないだろう」

「それは……そうですが」

たまとしては、これまで大丈夫だったのだから、これからも大丈夫なのだろうという漠然とした考えしかない。夜四郎は違うらしい。

「巷の噂話に耳を傾けてみな。どれがどこまで真実かは定かでないが、奴らはどこにだっている。昨日と同じ場所にいるとも限らないし、何かの拍子で——昨夜俺に見つかったみたいに、思わぬ事態になることもあるだろう。おまえさんがそこは一番よくわかっていると思うがね」

常であれば、此方《こなた》と彼方《かなた》の往来は簡単に叶うものではない。触れようとして触れられるものでもなく、視ようとして視えるものでもない。ただ、抜け穴となる通り道がそこかしこにあるのもまた確かで、そういう穴を通って出てくるあやかしもいる。

そういったあやかしは非常に不安定な存在だ。迷子の根無し草が、より長く此方《こなた》に居座り、此方《こなた》に定着するために、彼らは人と縁を結ぼうとする。

食うか、囲うか、憑りつくか。縁に縛られてさえいれば、永く在れる。

「おまえさんはそういう意味で適任だろうよ。彼方《かなた》を視るから、あやかしを認識できる。それが此方《こなた》への橋渡しになる。一度認識されれば縁を結ぶことなんてどうにでもできるからな。視えるとわかれば、悪いあやかしはこぞっておまえさんと縁を結びに来るだろうな——どうだ、危険だろう」

そう言われてしまえばたまは何も返せなかった。

これまでは父が自然とたまを守ってくれていた。父が流行り病で亡くなってからも、あちらは烏がうるさいから別の道を使おうだとか、父が使うなと言ってくれたこちらの道は避けるとか、辻は明るいうちに通って、それ以外は目を伏せたまま足早に過ぎるだとか、たまなりの方法で回避してきた。

昨日はたまたまうっかりしていただけで、昨日までは変な存在に目を付けられたこともないのである。

「そら、さっそくこれまで通りじゃなくなっているじゃないか」

「そうですが、どうすればいいでしょう。頑張って視えなくなるものならとっくにそうしています。目隠しをするわけにもいきませぬし」

「いいんじゃないか、眼帯。おまえさんはそそっかしいが、そこまで鈍臭くもないだろう。一つやってみるのは手だぜ」

夜四郎は袂《たもと》から巾着を引っ張り出すと、ごそごそと中を漁る。何が出るかと思えば、細長いただの布切れだった。新品だ、とたまに押し付ける。よくもまあ、都合のいいものが出てくるものである。

たまとしては冗談のつもりだったので、苦笑いのまま布と夜四郎とを見比べた。

「ええと、目はすこぶる健康なのにいきなり隠すのです？　とても怪しくないですか？」

「そんなもの、怪我をしたとでも言やあいいのさ。腫れ物でもいいが、医者にみせなきゃならなくなっちまうか。そこはまあ、上手く言えばいい」

「ええ……」

たまに考えろと言うのか。

病気だと店に出してもらえないかもしれないので、軽い怪我か少し調子が悪いとかにしておくのが無難だろうが、傷一つないのに怪我もへったくれもあったものじゃない。もしくはどこかで読んだ本の影響を受けたということにするだとか。

変に心配させることもないし、それがいいかもしれない。

夜四郎は本当にこれのためだけに来たらしい。布を渡すとさっさと立ち上がった。

近くに変なモノがいないかを見て回るというのだが、間違いなく今一番の異物は夜四郎自身である。

「おたまがあやかしに襲われても、俺がいれば斬ってやれるが……ようやく見つけた、貴重な目だ。みすみすあやかしなんぞに見つけさせるものかよ」

「エ、あのう、夜四郎さま、たまはあやかし退治の件はお断りを……」

「わかっている、わかっている、そちらは追々考えるさ」

まるでたまの言いたいことを理解していない風に、夜四郎は手をひらひらさせて無理矢理話を打ち切った。たまはむうと唇を尖らせる。

この男、人の話をまるで聞いていないのではないか。確かに強引な手には出ていないが、たまを諦めるつもりもないらしい。

思わず半眼で見つめると、

「いやいや、なにもおまえさんが矢面に立つことはない。どこに妖しいモノがいたとか、客からそういう話を聞いたとか、それを教えてくれるだけでいいんだ」

などと言う。そうすると、単純なたまは、お話だけならとすぐに流される。

「それなら次はお団子を食べていってくださいね」

「ううん、そこも追々考えるとしよう」

「食べないお客様がいらっしゃると困ります」

「長居はしない。それに俺がいようがいまいが変わらんよ。言っただろ、半死半生、彼方《かなた》に片足を突っ込んでいるんだ。いると思えば視えるが、そうじゃなけりゃあぎりぎりまで近づかなきゃ視えないもんさ」

夜四郎は自嘲するように言ってから、そら、と通りを顎で指した。たまが目で追うと、旅装束の若い男が立っていた。彼は手近な床几《しょうぎ》に腰を下ろすと、団子と麦湯を頼むなり持ってきた紙とにらめっこを始めた。

風が吹いて、振り返ると、夜四郎の姿は消えている。たまが旅の男に気を取られているうちに、さっさと帰ったらしい。言いたいことは言って満足したのだろう。

――もう、勝手な人！

たまは頬を膨らませた。どうせ、しばらくは飽きもせずに来るのだろうから、文句の一つくらいは許されると思いたい。貰った布を袂《たもと》に仕舞って仕事に戻った。

翌日になって、たまは早速布を巻いてみることにした。試行錯誤の末にようやく巻けたのだが、姿見に映った自分は客観的に見てもおかしくて思わず噴き出してしまった。

「夜四郎さまもこれを見たら笑ってしまうかも」

時折結び直さないと緩むが、動いてみても思ったよりも支障はなかった。存外に適応能力が高いのか、四半刻もしないで普段と変わりなく動けるようになってくる。だんだんと「これならば昔話の英傑に見えなくもないのでは」とさえ思えてきた。

もちろん、団子屋の面々は目を丸くして風変わりな看板娘を見た。

「あんた、どうしたのさ、その目は」

腫れ物じゃないか、怪我でもしたかと質問攻めにあったが、たまはけろりとして胸を張る。

「隻眼《せきがん》おたま、志乃屋の新しい名物です！」

そう言って普段通りに開店準備を行えば、皆「まあいいか」と諦めた。そして意外にも、常連客のウケも悪くない。

「おたまちゃん、そいつはどうしたんだい」

目を丸くする人もいる。

「お、本当に眼帯娘じゃないか。こいつはいなせだねえ」

誰かに聞いてやってきて、からかうように囃し立てる人もいる。

たまはすっかり得意になって、半日もすればたまの眼帯姿は店にすっかりなじんでいた。

さて、昨日の旅人が再びやって来たのは、夕方に差し掛かる頃だった。

ぶらりとやって来て、昨日と同じように団子の皿を一つと麦湯を頼んで店先に座る。

瓦版や姿絵を広げて思案する姿も昨日と同じである。

たまはなんとなく、その丸まった背中が気になった。

「こんにちは」

声をかければ、男は顔を上げて微笑んだ。

「やあ、本当に眼帯をしているんだ。志乃屋のおたまさんが風変わりな装いを始めたとあちこちの噂で聞いたけど」

「けっこうな噂になっているんですか！」

「そりゃあそうさ。しかし、器用な人だね」

しみじみと言ってから、俺とは大違いだとため息をついた。

彼は佐七《さしち》といって、聞けば、田舎から出てきたばかりだそうだ。働き口は縁を辿ってどうにかできたが、わざわざ出てきた目的は別にあるらしい。

人を捜していると言う。

「人捜し……ですか」

「そう。時に、おたまさん。きみはこの町に詳しいのかな。この店の前は見通しがいいし、人通りもある。色々な人を見ているわけだと思うけど、この人を知らねえかと思ってさ」

そう言って、睨めっこしていた紙をたまに見せた。なんとも味のある——要はこれ一つを頼りに人捜しはいささか無謀とも思える一枚だった。

たまはハの字に眉尻を下げて、白旗を揚げた。

「むむ、これだけでは……」

たまは六つか、七つの頃から志乃屋にいる。それなりに顔は広いと思っていたのだが、似顔絵一つで人捜しをできるほどではない。

「どなたです？」

「俺のおっかさんだ。名前はお滝《たき》、背の高い美人だって話だが、親父が描いた素人絵と繰り返し聞かされた思い出話、これくらいしか手がかりがなくてなあ」

「お滝さんですか……」

たまは答えに窮した。なにせ、たまの知っているだけでも近所のお滝さんは四、五人いる。見たところ十八ほどの佐七の母に当てはまる、と考えると今度は逆に条件に当てはまりそうな人が消えてしまう。離れて暮らす子のいる母に覚えはなかった。

「むう、お滝さんはいっぱいいるのですが……」

「ああ、そりゃそうだよな。だが、何事も一つずつ、だ。会ったらでいいからさ、それとなく伝えてみてくれるかい。おっかさんを探している、佐七がいるってこと」

「あい」

たまは頷いた。それくらいお安い御用だ。

さらに佐七から話を聞いたが、やはり手がかりはろくに得られなかった。佐七がまだ幼い頃に離別していること、どこかの店の娘で、しかし店の名前ははっきりしないこと。

「そういえば、蝶の簪《かんざし》だ。鼈甲《べっこう》のやつで、親父、一緒になる前にうんと奮発しておっかさんに贈ったらしい。おっかさんはいつも身に着けていたって聞くよ」

手がかりはそれくらいだった。

帰り際、佐七は「くれぐれも、何かあったら教えてくれよ」とたまに頼み込んで、またもたまはこれを「あい」の一つで安請け合いした。遠ざかっていく佐七の背中を見送りながら、どうしたものかと腕を組む。

夜四郎のあやかし退治の話に、佐七の名前しか知らない人捜し。話を聞くと言ったからには、できることはしたい気持ちに嘘はない。とは言え、たまは一介の町娘なのだ。できることと言えば風聞を集めて、教えてあげるくらい。


せっかくなら夜四郎に協力してもらおう、と思いついたのは翌日のことだった。

たまとて、夜四郎を全面的に信頼したわけではないものの、彼の事情が気にかかっているのも確かである。

――身体がないって、どんな感じなのかしら。

たまから見れば、彼は普通の人間と変わらない。服を着て、しっかり受け答えもして、物にも触れられる。人の目に映らないこともない。

助けられたことも確かなので、礼のために団子をいくつか差し入れることにして、包みを手に通りに飛び出した。「あんまり遅くなるんじゃないよ」というおかみさんの声に「あい」と元気に返して、足取り軽く道を辿っていく。

――ええと、薬屋、一膳飯屋を通り過ぎ、小間物屋さんの向こうで辻に出て……

件の辻に差し掛かるとき、無意識に手に力がこもる。

明るい時間の辻は人通りも多い。

そこに女の背中を見た。背の高い、白い肌の女は考え込むように顔を伏せていた。時折あたりを見渡しているその背中に、たまは見覚えがある。

「あらっ」

女の方もたまに気がついたらしい。少し眉間に皺を寄せて（彼女は少し目が悪かったから、遠くを見るときによくこの表情になった）、すぐに微笑みを浮かべた。

「おたまちゃん？　まあなんて懐かしいの」

「お滝さん！」

たまにとってもとても懐かしい人がそこにいて、思わず駆け寄った。

三十路《みそじ》すぎの、よい香りを纏ったその女は、隣町の小間物屋の一人娘だった。

たまは幼い頃、何度か隣町に行った時に遊んでもらっていたのでよく覚えている。遊んでもらって、祭りにも連れて行ってもらったこともあって、季節ごとに何度か文のやりとりもして。

けれどこのところはすっかり疎遠になってしまっていた。

「すっかりお姉さんになって……その目はどうしたの」

「なんともないのですよ、似合っていませんか？」

「ええ、素敵。芝居に出てきそうなくらいに。あなたのこと、気にしていたのよ。元気そうでよかった」

滝は柔らかく微笑んだ。お滝さんこそ、とたまも笑った。

幾分か身長の伸びたたまと違って、滝は記憶の通りで変わらないように見えた。

「お滝さんはお出かけです？　よかったら志乃屋にどうでしょう」

夜四郎に会いに行くのは今日でなくてもいい、せっかくの再会を楽しもうと思ったのだが、滝はゆるりと首を振った。

「ごめんなさいね、おたまちゃん。……人を捜しているのよ」

聞けば、滝は最近近くに越してきたらしい。後であいさつに行くと言っていたが、寝耳に水だった。どうにも人捜しのためで、隣町で捜して、この町で捜して……とずいぶん熱心に捜し始めたらしい。

「噂を聞いたのよ。あの人が戻ってきたって」

「お滝さんは誰を捜しているの？」

「男の人」

「たくさんいますよう」

滝はからかうようにころころと笑ってから、ゆっくりと目を細めた。

「おたまちゃんは私の旦那に会ったことはあったかしら。まだうんと小さかったものね」

そう聞かれて、たまは固まった。

滝の身に降りかかったことは聞いていた。

何年も前のこと、滝は夫とまだ小さな子供を同時に亡くしていた。流行り病だったらしい。仲のいい家族だったものだから、その悲しみはとても深く、誰にも会わないようになってしまったのだ。

何通か手紙を送り、会いにも行ってはみたが、結局は彼女を慮《おもんぱか》って「しばらくはそっとしておきましょう」と、そういうことになっていた。

たまは答えに窮して黙りこくってしまう。あれから滝の時間は動いてないのか、そんな時になんと声をかけるのがいいのかしら――悩んでいると、滝自身の明るい声が話を転じてくれた。

「そうそう、ここで会えたのも何かの縁だわね」

助かった、そう思いつつも、そういえば滝の表情が明るいことに気がつく。前に見かけた時は憂いのある横顔だったが、今は目を爛々と輝かせて吹っ切れたようにも見えた。

きっと良いことがあったのだ、とたまは己を納得させた。それが何かはわからないけれど。

「ね、たまちゃん、うちに遊びにいらっしゃいな」

突然降ってきた声に咄嗟には反応できずに、

「え？」

たまは首を捻った。それを拒絶だと思ったのか、慌てて滝は言い加えた。

「ああ、ごめんなさい、勿論今日じゃなくてもいいの。あなたはこの町に詳しいでしょう？　色々と教えてくれないかしらと思って」

今日は用事があるんでしょうし、また今度、と滝はたまの手の小包を見遣った。たまは先ほどまでの空気がすっかり消えたことに胸を撫で下ろして、笑顔で頷いた。

「あい、おまかせを！」

「引き止めちゃってごめんなさいね」

「ううん、お滝さんに会えて楽しかったもの」

「まあ、嬉しいことを言うのね」

そう言うと、滝は小さな紙片をたまに渡した。目を走らせて、それが滝の住む長屋の場所だと理解する。

こんなところに長屋なんてあったかしら、と思いながらも、それを大切に受け取った。

「おたまちゃん。きっと遊びに来てね」

たまは小さく頷いて滝の背中が雑踏に溶けるまで見送った。

——それにしても人捜しが多い。

そう考えてはたと立ち止まった。

そういえば、佐七が探していたのも「お滝」だったと思い出したのだ。それから、あの美しい人もまた「お滝」なのだと。

◆◇◆

破《や》れ寺《でら》への道はすんなりと見つけられた。小川にかかる橋を渡ると変に人気《ひとけ》がなくなるが、不思議と恐ろしい感じもしない。傾いた門、烏だけが客の境内、あの晩の通りの寺に夜四郎はいた。

やって来たたまを見て、夜四郎は大いに笑った。

「まさか本当に眼帯娘になっているとは。支障はないのかい。おまえさんの方から俺を訪ねてくるなんてなあ」

「結構いけるものですよ。先日のお礼がまだだと気がついたのです」

言ってから、たまは改めて寺の中を見た。生活感のまるでない空間である。水甕《みずがめ》の中身すら怪しいが、流石に空ではないらしい。とは言え、あるものと言えば欠けた湯呑みと文箱、大量の古紙と、傾いた文机、それくらいのものである。

辺りを見回していると、視界が夜四郎に遮られる。はっとして、たまは団子を手渡した。

「夜四郎さまは、こちらに暮らしてらっしゃるのです？」

「うん、そうだ。あやかしの話があれば此処に来てくれ。俺がいない時は、紙に書き残してくれりゃあ、俺の方から志乃屋に行く」

やはり、ここに暮らしているので間違いないようだった。

それにしては、なんと生活感が薄い。寝具もないのではないだろうかとたまは眉尻を下げた。思ったよりもうんと苦労しているのだろう。

——親切なお侍さまだし、ほんの少しくらいなら、お手伝いするべきかもしれないわ。だっていつまでも身体がなくてこんな暮らしをしていたんじゃ、大変だもの！

相手がいかにも困っていると、たまはあっさりと絆されるようにできている。

夜四郎が気を利かせてせんべい座布団を濡縁《ぬれえん》に並べてくれたので、たまはそこに腰を下ろした。あやかし話はないのだが、来た用事はある。

「それで、何か聞きたいことでもあったんだろう。わざわざ来るってことはさ」

「夜四郎さま、ご存知です？　いま、人捜しが多いのですよ」

「今も昔も多いがなあ。たまの周りで多いのかい」

夜四郎は意外にも大人しく話を聞いてくれるつもりらしい。どんなものかと聞かれて、たまは聞いた話を語り出した。

田舎から出てきた佐七が探す「お滝」さん。誰かを探すために出てきた、たまの親切な「お滝」姉さん。

しかし、滝の息子はとうに亡くなっているはずで、佐七が滝の息子である可能性はないのでは、とたまは思っているということ――皆から聞いた滝の話が、嘘でないのなら。

「二つの人捜しか。しかし、たまたまじゃないのかな」

「そう思います。でも、お滝姉さんが、佐七さんの捜すお滝さんならいいのにって思うんです。優しい二人が、恋しい人に再会できるのはいいことですもの」

「んん、そいつは……どうかなァ」

夜四郎は言葉を濁す。頭の中で何かをこねくり回しているらしく、目線は遠くに向いたままだ。何か、思い当たることがあるのだろうか。

「違うのです？」

「いつの時も、捜す側も捜される側も同じ思いとは限らないからさ」

夜四郎は首を傾げたままのたまを見る。指を一つずつ立てながら、たとえ話を列挙した。

盗人と同心、仇とそれを討つもの、あるいは生き別れた親子、恋人。それぞれに事情があり、それぞれが目的のために憐憫を誘うようにわざと演じ、関係性を偽る人もいたかと思えば、あるいは真に切実に捜していることもある。

「片方だけの言い分じゃ本当のところは見えんさ。だから、人捜しなんて軽率に引き受けるものじゃあない」

たまは口を尖らせた。

「でも、夜四郎さま。親子でしたらそんなに悪いことはないですよ。愛する家族に会えるんですもの」

「すべての家がそうとも限らないよ、おたま。一言に家族と言っても、どんな形かは外からじゃわからないものだ。思い込みはもったいないな、おまえさんは人よりよく見える目を持っているのに」

でも、と言いかけて、やめた。夜四郎を見上げると、どこか寂しそうな色がそこにあったのだ。たまは出かけた言葉を飲み込んだ。

「二つの視点を持つことだ、おたま。追う側、追われる側、どちらにも理由があるのは当然だろう。絡まったものを見ないと、そいつを解くこともできない」

夜四郎はこの話は終わりだとばかりに、たまから受け取った包みを広げ始めた。空気を変えるように楽しそうに笑いながら、彼は団子に食らいついた。

「それで、なんだ。おまえさんはちゃっかり俺に人捜しを手伝えと？」

口の端を指で拭ってから、夜四郎はたまの頼みを引き受けた。

「まあいいとも、この話、俺にも噛ませてもらおうか。気になるしな」

いいのですか、とたまは目を瞬かせた。あわよくばとは思っていたのだが、まさか本当によいとは思わなかったのだ。あっさりと承諾した彼を拝むように見上げる。

「夜四郎さまは、存外に面倒見のよいお方です」

「存外にとは心外だな。……おまえさんと話していると懐かしいような心持ちになるからかな、要らん世話を焼きたくなるのさ。うんと若返ったようでな、楽しいんだ」

それとまぁ、団子の礼だと言って夜四郎は優しく笑った。その団子が先日の礼の品なのだが、彼としてはそうでもないらしい。

この口ぶりでは、弟か妹がいて、たまに重ねているのかもしれない。あるいは娘か――思えばたまは彼のことをまるで知らない。まさか身体を失って、二度と家族に会えないのだろうかと想像して、ちりりと胸が痛んだ。

夜四郎はたまを橋のたもとまで送ると言った。二人並んで歩く。

「まずはお滝さんって人に話を聞くといい」

「あい」

「いいかい、あまり首を突っ込むなよ、おたま。おまえさんはか弱い。あやかしもそうだが、人間の妙な事件に巻き込まれても、困るからな」

やはりこの人はたまをいざという時の頼みの綱にしている節がある。まあそれでもいいか、とたまは思い直した。

たまにできることは小さいが、滝の力になりたいという気持ちは変わらない。佐七のことだって、できることはしてあげたい。また昔のように、滝と笑い合えればそれがいい。

――それにしても、お滝さんの捜している人って誰なのかしら？

参

志乃屋の店先で、難しい顔をしている佐七の相手をすることは、すっかりたまの日常になっていた。

さすがに日がな一日ここにいるわけではないのだが、暇を見つけてはやって来て、通りの人を見つめたり、店の常連客に話を聞いたりしている。店にも早くも馴染んで、気に入ってくれたなら嬉しいとたまは思う。

佐七の手には、やはりあの拙い姿絵がある。

「佐七さん、なにか進展はありましたか？」

聞けば、彼は決まって苦笑する。残念そうに頭を振った。

「二、三人、お滝さんを訪ねてみたんだけど、おっかさんにはまだ会えてないよ。参ったなあ、この辺りの町だって親父は言っていたのに。引っ越しちまったかな」

頬をかいて、親父にもっとよく聞いておきゃあよかった、と佐七は呟く。聞いたところによると、彼の父は五年前に亡くなったという。佐七も母との記憶はあるにはあるのだが、幼くて、細かい話は思い出せないのだと言った。

たまは腕を組む。佐七とて、聞ける範囲は限られている。たまも聞けたとしてもこの志乃屋の周りが精々だろう。そうなると、もっと多くの目が必要になる。

「佐七さん、その姿絵を迷子石に貼ってはどうでしょう」

「この絵で？　ううーん、まあ、同じようなものを描いてもらって貼るのはありかもしれないかなあ」

「そうですよ。佐七さんのお名前と、いる場所を書いておけば、もしかしたら向こうから見つけてくれるかもしれません！　生き別れた子供ですもの、きっと会いたいに決まっています」

「そうだといいな」

先に場所だけでも確認しておきたい、という佐七に、やはりたまは安請け合いをして案内役を買って出た。店の方も忙しいことはなく、いっておいでとあっさりと見送られた。

佐七が食べ終わるのを待ってから、二人は並んで歩き出した。交わされるのは他愛のない世間話になる。

「そういえば佐七さんはどちらに住んでいるのです？」

「すぐそこの長屋だよ。一番端の、マルに『佐』の字の部屋だ。何かあったら訪ねて……と言いたいところだけど、居なかったら青井屋《あおいや》の方にいる。一膳飯屋の――知ってる？」

「ええ、田楽が美味しいって聞いています」

たまの腹も同意するかのようにクウと鳴る。佐七は笑った。

「うん、ウチのは本当に美味いから、今度食べに来なよ。しかし、すまないなあ、どうしても店の近くだとか、そういった場所ばかり探しちまってさ」

長屋の面々に話を聞いてもわからないという。似たような話は聞くような気もするのだが、やはり〝生き別れた息子のいるお滝〟程度では話がぼんやりとしすぎている。

結局この日まで手がかりは得られていない。気長に待つさ、と佐七は前を向いた。

「たまがもっとお手伝いできればいいのですが……」

「いやいや、十分助かっているよ！　それに、おっかさんにも事情があるかもしれないだろう。別にな、おっかさんが俺に会いたくないってんなら、俺も無理して会おうとは思わないんだ。ただ、言伝《ことづ》てを預かっていて、そいつは絶対に伝えなくちゃならないんだ」

「言伝《ことづ》て、ですか」

佐七はそっと胸元を押さえて頷いた。なるほど、とたまも頷き返した。

たまの住む町の迷子石は二ヶ所にある。隣町に延びる橋のたもとと、もう一つは例の辻からさらに先に行った小さな寺の境内だ。夏になれば小さな祭りなんかも行われ、本当に時々には芝居小屋だの見世物小屋なんぞも建ったりもする。そういう時だけは人が多くなる。

隣町への橋なら場所がわかるということで、たまは寺の方へ佐七を案内した。人はまばらだった。迷子石を見れば真新しい剥がした跡があって、随分と古い紙もある。

何を書くべきか、二人で顔を寄せ合って話していると――

ぞわり、肌が粟立った。

たまは弾かれるように顔を上げた。視線だ。突き刺すような、非難するような、そんな視線が突き刺さった。

慌てて辺りを見渡しても、こちらを注視する人はいない。たまはそっと右目の眼帯に触れた。

「おたまさん？」

佐七が心配そうにたまを見ていた。たまは気の抜けた笑顔で、

「なんでもありま――」

――せんでした。そう答えかけて、たまは動きを止めた。不自然に目が吸い寄せられる。先ほど視線を感じた方だ。古い大きな木があって、その根元に何かが落ちていた。

近寄ってみると、簪《かんざし》だった。蝶を模した鼈甲《べっこう》の簪《かんざし》だ。それは滝の簪《かんざし》だったのを思い出して、たまは唾を飲み込んだ。

――さっきこっちを見ていたのは、お滝さん？

――なぜ声もかけないで。

嫌な汗が伝う。自然と指先が右目に触れていた。

佐七がたまの手を取って、まじまじと簪《かんざし》を見る。間違いねえ、と呟いた。

「おたまさん、この簪《かんざし》の持ち主を知っているんだね？」

「あ、あい、多分、ですけど」

「その人は、お滝さんじゃあないのか」

たまは迷った。言うべきか、飲み込むべきか。夜四郎から言われたこともある。散々迷ってから、それでも切実な空気に呑まれて、たまは小さく頷いた。

「たまのお姉さんみたいな人なのです。隣町にずっと住んでいて……でも、離れて暮らす子供がいるなんて聞いたことはないんですよ」

つい言い訳がましくなる。佐七の母が滝であればいいと思ったことは確かだが、安易にそうだとは言えない。なにかが違うのだ。その違和感が、たまには捉えきれない。

眉をひそめるたまとは対照的に、佐七の目は輝いていた。

「これはおっかさんの簪《かんざし》だよ、おたまさん。きっとそうだ」

「でも……」

「おたまさんの知り合いなんじゃ、確かに別人かもしれない。でももしかしたら、おっかさんと繋がりはあるかもしれないだろう?」

そう言われてしまえば、たまは何も言えない。

同じ名前のよしみで譲り受けた可能性や、たまたま目にして同じ意匠で拵えた可能性、あるいは――

可能性を挙げればきりがない。たまがまだ小さいから何も知らないだけかもしれないのだと、佐七は言外に含ませて、口早にあれやこれやと仮説を並び立てた。

——そうなのかしら。そうかもしれない。

二つの人捜しが交わり始めている。

それがいいことなのか、悪いことなのかはわからない。

結局、簪《かんざし》はたまが持って帰ることにした。佐七は遠くからでも一目会いたいという気持ちと、先ほども言ったように事情があるのやも、と思う気持ちの間で揺れているようで、散々に頭を掻きむしって悩んだ挙句、たまに預けたのだ。

「おたまさん、頼みなんだが……」

簪《かんざし》を届けるついでに、滝と会う約束を取り付けて欲しいのだと佐七は言った。会ってもよければ、青井屋か長屋で。会いたくないのであれば、一度たまが言伝《ことづ》てを預かって、志乃屋でそれを伝えて欲しいと。

「会いたい。会いたいが……人違いってこともあるだろう。おっかさんが会いに来られなかったのも理由があるだろう。だから……頼む、おたまさん。そう遠くないのなら、今から聞いてきてはくれないかい」

「……あい」

「もしも、もしもだ。俺の名前を知っているだとか、少しでも恋しいと思ってくれていたなら、俺が捜していたと伝えてくれるね。佐七が捜していたと」

熱心に頼み込まれて、たまは何度も頷いた。佐七は名残惜しそうに簪《かんざし》を見て、仕事に戻るよと元きた道を帰っていく。

どこか晴れやかでまっすぐな足取りに、たまは長く息を吐いた。

佐七と別れて、たまは以前教えてもらった滝の長屋を思い出しながら歩き出した。すでに嫌な気配は感じない。暖かな陽気に少しだけほっとして、肩の力を抜いた。柄にもなく考えすぎなのだ。

――あら、そういえば、おかみさんたちにお滝さんの話をしてないかも。

はたと気がついて、しまったと唇を結んだ。言っておけばよかった。少しだけ外に出てくるとしか言っていないから、あまり遅くに帰るわけにもいかない。渡すものだけ渡して、頼まれたことだけ伝えて、改めて遊びに行くと伝えればいいだろう。相手がお滝姉さんなら、おかみさんも安心して長居を許してくれるはずだ。

ただ、不思議だった。滝が引っ越してきたという話を誰からも聞かないのだ。滝を知る人はたまだけではないはずなのに、誰も滝の話をしていない。おかみさんもだんなさんも聞いていないのだろうか。

考えをこねくり回すうちに、たまの足は自然に止まっていた。

周りの景色が変わったことにようやく気がつく。たまの目の前には、夜四郎の破《や》れ寺《でら》とどっこいどっこいのうらぶれた長屋が暗い雰囲気で佇んでいた。通りと隔てているはずの木戸は傾いて閉まりそうにないし、井戸蓋にも落ち葉が溜まって、人の気配一つない。

まるで盗賊の根城のようだ。到底一人暮らしの女が住んで無事に済むような雰囲気ではない。

「あ、あれ？」

道を間違えた、そう思って踵を返そうとした時、するりと音もなく、手前の障子戸が引かれて、驚いたように女が顔を出した。

「おたまちゃん？　あら、来てくれたの」

蝋燭《ろうそく》一本の灯りが奥で揺れているが、異様に暗い。その中で滝の白い顔だけがはっきりと見える。たまは心底びっくりした。

「おおお、お滝さん⁉」

なんと、場所は合っていたらしい。たまは安心していいのやら、こんなところに暮らす滝を心配するべきなのやら、複雑な心で滝に駆け寄った。

「びっくりしました……！　あのう、ここが、本当にお滝さんの？」

たまは改めて長屋を見渡した。この一帯だけ薄暗い空気が垂れこんでいる。道は雑草だらけ、井戸もきちんと浚《さら》われているのかも怪しいところで、なんとか家としての体を保っているようにしか見えない長屋。

これではからかわれていると言われた方が納得する。木戸番の姿も見えないどころか、明日にでも取り壊されそうな無人具合だった。

「あらまあ、ひどい。これで中々住みやすいのよ。他の人たちも――今はいないけど、とっても親切なの」

腰に手を当てて茶目っ気たっぷりに滝は笑った。懐かしい笑顔にたまも微笑んだ。

「他の方も住んでいるの？」

「そりゃあ、長屋ですもの」

「確かにそうですけど」

だが、そうは言ってもこの雰囲気は想定外だった。

たまは普段は店の二階に部屋をもらっているし、昔滝が住んでいたのも小間物屋に併設された屋敷である。知り合いに長屋暮らしはいてもそう頻繁に訪ねることもないから、あまりものを知っているとは言えないのだが……それでも流石に異様なことは見てとれた。

固まるたまに、滝は小さく手招きをする。

「さ、よかったら上がってらっしゃいな。中でゆっくりお話ししましょう」

たまは内心とても迷いながらも、結局言われるままに上がり込んだ。懐かしい香りがして、すぐにたまは違和感を覚える。

中も古いのだが、いやに片付いている。片付きすぎているのだ。夜四郎の根城よりも片付いている。蝋燭《ろうそく》一本のみのこの部屋で、滝はどうやって暮らしているというのだろう。

ぴしゃりと障子が閉まる音がして、たまは慌てて意識を引き戻した。

「ね、おたまちゃん。今日はどうして会いに来てくれたの？」

たまは簪《かんざし》をそっと差し出した。反応を窺うように上目遣いで滝を見る。

「これ、お滝さんの簪《かんざし》かと思って届けに来たのです」

翳《かげ》りで滝の表情が見えない。

「あら、嬉しいわ。探していたのよ。見つからなくって途方に暮れていたところだったから」

細い指先がたまから簪《かんざし》を取り上げる。ひどく冷たい。たまの手を撫でて、握りしめる。折れそうなほどに強く握りしめる。

「お、お滝さん」

「ねえ、おたまちゃん。どなたと一緒にこれを見つけたの？」

滝の声は明るい。けれど、たまは緊張に汗が滲むのを感じた。あの時と同じ視線だ。

「お滝姉さんが見ていたのね」と言おうとして、飲み込んだ。揺らめいた火が、滝の微笑んだ顔を照らす。

「大切な方にもらった簪《かんざし》なの。御礼を言いたいの。あの素敵な方は一体だあれ」

「……その、志乃屋に最近通ってくださっている方ですよ。人を捜しているの」

たまは言葉を選ぶ。そうだ、それを聞かなくてはいけないのだと思い出して、気を取り直した。

「この簪《かんざし》の持ち主が、捜し人かもしれないんですって」

「そうなの、そうなの」

滝は楽しそうだった。美しいはずのその顔が、どうしてか不気味に映ってたまは俯いた。黒曜石のような瞳が細まり、ぎらぎらと少ない灯りを反射させる。

「奇遇だわ。私も人を捜しているものね。ねえ、おたまちゃん」

一緒ですねと相槌を打てたのなら、どれだけ楽だったか。

たまは注がれる視線に気がついた。縮こまっているものだから、高い位置、天井から降ってくるように思えてくる。

滝はおたまを通して、誰かを見ようとしていた。

「お滝さん、あの人はおっかさんを」

「――優しいものね、あの人は」

たまの言葉を遮って、滝はころころと笑い声を上げた。たまの声は届いていないようだった。優しい声が、たまに絡みつく。

「ねえ、あの人は優しいでしょう？　背も高くって、少し野暮ったいけど、素敵な人でしょう」

たまは言葉に迷って飲み込んだ。滝の双眸《そうぼう》だけが今は輝いて見える。伝えるべきことを言えばいいだけなのに、上手く空気が吐き出せなかった。

――怖い。

滝はそんなたまを見て、さらに笑い声を上げた。これは誰だとたまは考える。

「ええ、ええ、そうですとも。私があなたを見間違えたりするものか。ああ、長かった、長かった――苦しかった。ようやく会えた」

「お滝さん」

「ねえ、ずうっと見ていたのよ。あの人を、あの人と仲良く話すあなたをずうっと」

「お滝姉さん！」

「ねえ、おたまちゃん、彼はとってもいい男だったでしょう、ねえ、役者みたいに色っぽいの、それでいて武士のように目元は凛々しいのよ」

蕩けるような笑みを向けてくる滝。

――こんなお滝さん、知らない。

たまはじり、と膝で下がる。それなのに滝の顔はすぐ間近で微笑む。

生温かい息が吹きかかるような気がして、勢いよく顔を背けて――結び目が緩んでいたのだろう。はらりと目に当てていた布がずれ落ちた。

開放された視界で、何かが揺らめいた。薄暗闇に、僅かの後に目が慣れはじめる。

「あ」

慌てて布を取ろうとしたが、震える手ではたき落としてしまって、畳の上に落ちたそれを滝が拾ってくれた。

「はい、おたまちゃん」

目が合う。優しい黒い瞳。真正面から目を合わせる。

たまはしばしの間固まってしまった。視たくなかった。目を逸らしていたかった。

重ねた景色に息を呑む。

滝の細い首に巻きつく太い蛇。

赤色、青色、黒色にとぐろを巻いた蛇。

「……あ」

ひゅっと息を呑みかけて、

「おたまちゃん、どうしたの」

「――あ、ありがとうございます、お滝さん」

すぐにたまはいつもの調子で笑ってみせた。笑った風に目を細めて視界を狭める。

そうすれば視えない。滝がどんな表情でたまを見ているかも見えない。

受け取った眼帯はつけずに、袂《たもと》に仕舞うようにした。

「あらあら、それはもうつけないの？」

「ええと、はい、そろそろ外そうと思っていて。つけていたらちゃんと見えないんです……だから、もういいのです」

へら、と力無く笑う。

どうすればいい。いつからだ。どうしてだ。

たまはぐるぐると考える。考えながら、身体は勝手にお辞儀をしていた。帰ると言うと、滝は特に止めなかった。

「また来てね。いいえ、今度は私が会いに行くわ。その人に会ってみたいから」

そう言って笑っていた。楽しく、美しく、笑っていた。

――急がないと、だめになる。

たまはどんな顔をすればいいのかわからなくなってしまった。滝のことは大好きなのに、優しい人なのに、蜃気楼の如く揺らめく影は瞼の裏にこびりついてなかなか消えなかった。

駆け出した背中に、まだ視線が突き刺さる。

肆

滝の家を出て、たまの足は勝手に破《や》れ寺《でら》の方へ向いていた。息を切らして駆け込んだ先で、夜四郎はぎょっとして迎え入れた。眼帯もなく、たまは泣き腫らしている。夜四郎の姿にほっとして、さらにぼろぼろと涙が溢れてしまう。

「夜四郎さま、夜四郎さま」

たまはそのまま蹲って、めそめそと呻き声を上げ始めた。これには夜四郎も困り果てた。背を軽く叩いて落ち着かせる手に温もりを感じて、たまは触れ合った滝の雪のような指先を思い出していた。

「夜四郎さま、お助けください」

「どうした、おたま。何を視た。何があったんだ。言ってくれなきゃ、助かるもんも助けられんよ」

まさか怪我でもしたか、と気遣う声に、たまは勢いよく頭を振った。

「……夜四郎さまは、あやかしを斬るのですね」

「そうするのが俺だ」

「どんなあやかしでも？」

「どんなあやかしでも」

夜四郎は強く言い切ったが、その視線は優しい。たまの言葉を待っている。

たまは深呼吸を繰り返して、まっすぐに見つめ返した。

「斬らねばなりませんか。どうにか、できないのですか」

「……なあ、おたまよ。何があった。教えてくれねえか、俺ならおまえさんを助けられると――そう思ったから、わざわざここに来たんだろう」

佐七に言うでもなく、おかみさんやだんなさんに言うでもなく、たまは真っ先にここを思い浮かべていた。辻斬りのあやかしと言われたこの男しか頼る先がなかった。

――この人なら、助けてくれるかもしれない。

そう思って、ここまで駆けてきた。

たまは夜四郎に眼帯を渡した。困惑の視線がたまと布とを行き来する。

「夜四郎さま、たまはあやかしを視た……かもしれませぬ」

ぴたりとそれが止まる。黒い眼がたまをじっと見つめる。

「何処で」

「この町です」

「どんなあやかしだい、そいつは。どんな形《なり》をしている」

「……わからないです。わからないんです、どんなふうに変わってしまったのか、なんで変わってしまったのか、たまにはわからないのです。でも、たまの大切な、優しいお姉さんなのも、本当で」

——どうか斬らないで。

そう言えたらどんなによかったか。だが、それならここに来たのは間違いだ。

この男は最初からあやかしを斬ると言っている。ここに来た時点で、彼に縋ることを選んだ時点で無理な話だ。

「どうか、どうかお滝さんを助けて、夜四郎さま。苦しそうなのです。たまは、あの人にもう苦しい思いをさせたくないのです」

瞼の裏に焼きつく蜃気楼のような滝の姿。その細首に巻きついた蛇のような痣。巻きつく影に雁字《がんじ》搦《がら》めにされたその姿が離れない。優しい声で、笑顔で、たまを慈しんでくれた日々も重ねて思い出されて、たまは苦しくて仕方なかった。

優しい微笑みの裏で、歪んで苦しむ滝の姿が重なって視えた。なんというあやかしかはわからなくても、あれが彼方《かなた》のモノだということはわかる。

夜四郎はたまを立ち上がらせた。濡縁《ぬれえん》に座るように促して、己の顎に手を添えた。何かを考えているらしく、眉間に皺が寄る。

「たき——川副《かわぞえ》屋の滝だったか。小間物屋の娘で、夫と子と死に別れ、首には蛇が……」

「お、お滝姉さんを知っているのです？」

「あいや、まあ……」

夜四郎は言葉を濁した。

「俺も多少は調べてな。おまえさんは何処まで知っている？　いつ、彼女がそうなったかわかるか」

たまは首を横に振る。昨日か、一昨日か、再会するずっと前からか、いつ何が彼女を変えたのか、たまにはわからなかった。幾分か落ち着いたたまは、小さく呟いた。

「もしかしたら、お滝姉さんを模したあやかしなのかも知れませぬ」

夜四郎は是とも否とも答えなかった。記憶を探るように目を閉じて、たまの声を聞いていた。

溢れる思い出話、そういえば何かがおかしかった、佐七のことはどうしよう……

ぽつぽつ溢れるたまの言葉を聞きながら、夜四郎は古紙の山をめくり始める。何枚か古い読売も含まれているらしい。

「……首か。そうか」

ようやく呟いたのはそんな言葉だ。

――たまの知らないことがある。

何かがあったのだ、滝の身に。夜四郎はそれを知っていたらしい。きっとおかみさんも、だんなさんや他の人も知っているのだろう。偶然かもしれないが、滝は彼らの前には現れていない。

「……それで、おまえさんは俺にどうしてほしいんだい」

夜四郎は刀に手を置く。

「俺は斬ることしかできない」

「あい」

たまはしっかりと夜四郎に視線を返した。

「お滝さんは、誰かを捜していて、見つけたと言っていました。だから、もしその誰かに、ひどいことをしようとしているのなら、止めて欲しいのです。違う誰かがお滝姉さんの皮をかぶっているだけなら、それも止めて欲しいのです」

「それがどんな形でも、俺はあやかしを斬ることしかできないんだ。いいのかい」

「わかっています。でも、たまにはどうしようもできないのです。苦しんでいるお滝さんに、たまはなにも」

もしも滝があやかしになって、誰かを襲うようなことがあったのなら。それで誰かに恨まれてしまったら。悪いモノとして語られるようになってしまったら。

優しい滝を知るたまには耐えられないことだった。こうするのが正しいかもわからない。それでも、この世にいるべきではないのに縛られているなら、それで苦しんでいるのなら、たまはどうにかして助けたいのだ。

夜四郎はあやかしを斬るためだけに辻に居座り続けていた。故に、此度もすることは変わらない。

「惨いのはいやです。苦しいのもいや。斬ってしまうのなら、夜四郎さまの一番優しいやり方で、痛くない方法で、どうかお滝さんを助けてください」

たまのあまりに勝手な言い分にも、夜四郎はしっかりと頷いた。

「……わかった」

それ以上、何かを言うでもない。

それがまた苦しくて、たまは胸元を強く握りしめた。唇を噛み締めて、涙を堪える。これで救われるかもわからない。たまには助けを求めることしかできない。

そんなたまを夜四郎は柔らかく見つめた。

「しかし、おまえさんは色々と危なっかしいなア。こうして俺に頼りに来たのも、安易に首を突っ込んだのもそうだ」

「か、返す言葉もありませぬ……」

「しかし、おまえさんは確かにツイている」

――と、言うと？　たまは首を傾げた。

「今回は俺がもう一つ話を知っている。だから、ことを解くのに手を貸してやろうじゃないか。お滝を真に救える人に、俺は心当たりがある」

「……え？」

「おたま、おまえさんは何のために駆け回っていた。人を捜していたのだろう。お滝の人捜しと、もう一つ。それが重なればとおまえさん自身が言っていたじゃないか」

はっとして、たまは思い出す。どうして滝があやかしになって、佐七を捜していたのかをたまは知らない。滝が捜していたのが本当に佐七なら、滝は佐七のもとに行くだろう。善い意味で捜しているわけではないのは、たまにもわかる。

「佐七さんに教えないといけませぬ、夜四郎さま！」

「ああ、そいつは俺が行くよ。俺が佐七に話をする」

「たまにも何かできませぬか」

「……それならおたま、一つ俺に頼まれてくれないか。はじめに会った時も、様子が変わっても、お滝はおまえさんに何もせずに帰したんだろう？　それなら、おまえさんに手を出すつもりはなかったわけだ」

たまは小さく頷く。鋭く冷たい視線を思い出してぶるりと震えるが、たしかに滝はたまを傷つけはしなかった。逃げ出しても追うこともなく、捜し人のことを吐けと詰問することもなく。滝はずっと、別のものを見ていた。

「連れてきてくれるか、お滝を、あの辻に」

「あい」

夜四郎の言葉に、たまはしっかりと頷いた。

◆◇◆

たまを見送ってすぐ、夜四郎は佐七の住むという長屋に来ていた。全体的に古びてはいるが、活気はある。木戸番と町人がなにやら話している。駆け回る子供もいれば、炊事をする女もいる。

誰の目にも止まらぬように、夜四郎は慎重に歩みを進めた。

夜四郎は人助けをしているわけではない。たまの願いにいちいち応えて面倒なことをする必要はない。そもそも、夜四郎にそんな義理はない。ただ斬るだけならこの長屋に来る必要もなかったのだ。

たまが願ったから、ここまで来た。

――無鉄砲で、無邪気で、人がいいあまったれ。

まるで昔の弟を見ているようで、どうにも放っておけなかったのだ。あやかしを斬って彼方《かなた》に戻す、やることは変わらんさ、と己に言い聞かせて目的の障子戸の前に立つ。

今の自分がいつまで保つかはわからない。身体の方もいつ朽ちるかもわからない。己の目で確かめようにもそれができないのだ。

夜四郎が失ったのは身体だけではなかった。戻るべき場所への、帰り道が見えなくなっていた。

——こいつは賭けだな。

ようやくあやかしを視る目を持った奇特な少女に出会えたのだ。これで事態が好転するか否かの誓約《うけい》のようなものだ。上手くいけば、想定よりもずっと早くに元の場所に帰ることができる。下手を打てば……

夜四郎の影が障子戸に映って、中から聞こえていた生活音が止んだ。夜四郎は咳払いをした。

「もし……佐七殿はおられるか」

声をかけるとすぐに、声が返ってきた。

「どちら様で」

それには答えない。

「あなたの捜し人について、少しばかり時間を頂戴したい」

がらりと戸が開け放たれた。

出た男も、訪ねた夜四郎も、互いに面識はない。佐七はすぐに迷惑そうな表情に変わる。追い出したい――顔にそう書いてあるようだと、夜四郎は思わず苦笑した。たまといい佐七といい、すぐに顔に出る。この町には正直者が多いのだろうか。

佐七は夜四郎の身形を確認すると、迷惑そうな雰囲気を押し隠した表情で答えた。

「あの、人違いでは……いったい何の御用でしょうか。来ていただいてなんですが、今から生憎外に出る用事が――」

「その御用はご母堂のことよりも大切なことですかな」

「な――」

「失礼」

夜四郎は大股で詰め寄る。気圧された佐七を押し込む形になって、佐七はさすがに抗議の声を上げた。後ろ手で戸を閉めながら夜四郎はそれを目で制した。

「悪いとは思っています……だが、お滝殿についてのあれやこれ、あまり広める話でもありますまい」

佐七の目には明らかな非難と警戒の色が浮かんでいる。けれどもその反面、追い払おうとする気は薄れたようにも感じられた。佐七は諦めたように上がり框《かまち》に腰を下ろし、のろのろと顔を上げる。

「……あなたは一体どなたです。おっかさんのことをご存じなんですか」

「……志乃屋のおたまをご存知かな、あれの兄ですよ」

勝手に名前を出せばたまに怒られるだろうか——しかし、見ず知らずの人よりは知人の方が警戒されにくいものだ。勝手に名乗らせて貰い、夜四郎は続けた。

「ご挨拶が遅れました。妹が常から世話になっています」

「お、おたまさんの？　お侍が？　でも、ああ、それでおっかさんの話を聞いたのか」

「たまとは故あって幼き日より離れて暮らしていますが、先日会う機会がありまして。その際にあなたの話を聞いたというわけです。事態が事態なだけに、無礼しました」

覿面《てきめん》だった。

よほどたまに気を許しているのか、押し入りにも等しい行為の割には慇懃な夜四郎の態度に騙されてか、目に見えて佐七は警戒心を解いた。

やはりたまと佐七は似ていると夜四郎は口角を持ち上げた。

「そうか、おたまさんの……いや、確かに驚きましたが、おっかさんの話を持ってきてくれたんでしょう。外でするのが憚られる話というのは、一体——」

「滝殿にお会いしたくはないか」

夜四郎は単刀直入に言い放った。佐七をじっと見つめるが、そこにあるのは驚愕、喜び、困惑、そういったものだ。知人の兄を名乗る男が突然やって来て、信用していいものかまだ考えあぐねているのかもしれない。

——じきに日が暮れる。

夜四郎は懐から古い瓦版を出した。渡す前に確認しておかねばならないことがいくつかある。

「失礼を重ねますが、あなたのご両親は佐吉《さきち》と、川副滝で間違いありませんね。お二人は何を生業《なりわい》とされておりましたか」

「どうして、親父の名前を……い、いや、その前に、本当におっかさんを見つけてくれたんですか」

「おたまが見つけました。だから、代わりに来たのです」

佐七は嬉しそうに天井を仰いだ。夜四郎は視線を落とした。

「……ああ、そうかあ、やっと会えるのかあ。あいや、すみません、親父の職業ですか。親父はあさりだか、蛤だか、野菜だったか、とにかく棒手振《ぼてふ》りをしていたと聞いています」

「あなた方は随分長いこと離れて暮らしていた。その間、滝殿は何をされていたのですか。それについては佐吉殿から何も聞いてはいないのですね」

「さあ。自分はしょっちゅう近くの農家に預けられていたし、詳しくは知りません」

それが何か、と言いたげな佐七を遮るように夜四郎は紙を渡した。

寺の古紙に紛れていた、一年ほど前の読売だ。たまに名前を聞いた時、真っ先に思い浮かんだものがこれだった。何気なく目にした事件だったが記憶の端に引っかかっていた。

たまがこれを知らなかったのは、きっと周りの大人が傷つけまいと言葉を選んで伝えたからだろう。姉のように慕っていた人が、悲恋の末に選んだ道など、どうして伝えられようか。

佐七の目は困惑しながらも紙と夜四郎を行き来した。時間をかけながらそれを読んで、だんだんと顔の色を失ってくる。

「棒手振りの佐吉と川副滝の悲しい恋物語は、あの町では当時かなりの噂になったそうです。川副滝は結婚後まもなく病で夫子を喪っているとされているが、そこがそもそも違ったのなら――生きているものを死んだことにする、珍しい話でもありますまい。都合の悪いものを隠すにはよく打つ手です」

病で死んだとされた父子は生きていて、何らかの理由で滝から引き離された。滝は会おうとして、恋しがって、歪んで、身も心も捻じ曲がった。

首を長くして待った末に歪んでしまった。

佐七は脱力しきっていた。ひどい顔色で、夜四郎の視線も居心地が悪いのか、縮こまって紙の上を何遍も視線が滑る。

「そんな、まさか、そんな、嘘だ……」

「佐七殿――」

「おっかさん……そんな、せっかく……」

唇を色がなくなるほどに噛み、佐七は弱々しく立ち上がった。がらりと戸を引いて、

「帰ってくれませんか」と夜四郎に頼んだ。血走った眼が、宙を彷徨《さまよ》う。

考えがまとまらないと佐七は言う。たとえこれが真実でも、たちの悪い嘘でも、別人のことだとしても、とにかくまとまらないのだと。佐七が持っている母の情報だけでは判断できない。

夜四郎は素直に従った。

ピシャリと戸が閉められる寸前、戸に手をかける。佐七は力任せに閉めようとするが、戸はびくりとも動かなかった。佐七の非難の視線が夜四郎に突き刺さる。

「まだ何か」

「佐七殿、その話に間違いはないと――あなたがそう思われたのなら、来ていただきたい」

「どこに、何のために」

「言ったでしょう。お滝殿の最後の願いを一つでも叶えるためですよ」

夜四郎は言い切った。佐七の眼が迷いを告げていた。

「しかし、あなたの話では、母はとっくに――」

「だからこそです」

夜四郎はそっと刀の柄に手を触れた。

「あやかし相手に私が出来ることは少ない。死してなお苦しむお滝殿を真に救えるとしたら、あなただけです、佐七殿。あなたの預かった言葉を届けに、来てくれますね」

「……どこに」

「団子屋の先にある辻に」

「いつ」

「この晩に」

夜四郎は踵を返した。日が暮れる。逢魔時《おうまがどき》はすぐそこに来ている。

伍

たまは走っている。

隣町からの帰り道だった。空は橙と紫色に染め上げられて――夜四郎と初めて会ったあの時間に差し掛かっている。

隣町のどこにも、滝の生家である小間物屋はなかった。人のいない壊れかけた家があって、寂しげな松の木があって、そこだけいやにどんよりとしていた。

町の人が言うには随分と前に店ごと引っ越していったらしい。跡地には買い手が既についていて、その頃にはこの松の木もなくなるだろうと言っていた。

それでも、誰もたまに滝のことは教えてくれなかった。誰も彼もが、昔おかみさんたちから聞いたような、ぼんやりと霞みがかったような話だけを聞かせてくれるのである。

その後、滝の長屋にも行った。木戸番小屋にも隣の長屋にも、今日も誰もいなかった。滝の部屋にも人はいなかった。ならばと走って、佐七の住む長屋に差し掛かった時である。

女が暗闇に目を凝らして立っていた。

女はじいっと何かを探している。何かを待っている。何時間もそうしていたかのようで、地蔵みたいに微動だにしなかった。

その影が風に揺れていた。

「お、お滝さん」

足を止めて、震える声で呼んだ。

「お滝姉さん！」

光る目がこちらに向けられる。既に人のそれではなく、まるで獣のような光に思わず身震いした。それでも目は逸らさなかった。

「おたまちゃん？」

振り返る時に、ぽきん、と音が鳴った。厭《いや》な音が響いた。

「お滝さん、何を見ていたのですか」

たまは真っ直ぐに滝を見た。首の縄に苦しむ滝を真正面から見据えた。

「そこに、あの人はいません」

どうかこれで終わってくれとたまは願った。

今回の騒動が全部たまの思い込みで、夜四郎の読みが的外れで、「あの人ってなあに、なんのこと」なんて滝が笑ってくれるのを。滝はたまたまここに来たのだと、そう思いたかった。

滝は妖しく笑っていた。首がさらに傾く。厭《いや》な音が鳴る。その瞳に今までにない色が浮かんでいた。

「ねえ、どうしてこんな時間にこんな場所にいるの。ねえ、おたまちゃん、誰に会いに来たの。会いたくなかったのよ、今夜ばかりは、本当に、こんな所で会いたくなどなかったわ……」

お滝さん、と呼びかけるが声にならない。影は揺れ、歪み、そして合わせるように女の形が変わっていく。

「あなたは愛しい子なのよ。本当に、あなたまで……私を、裏切ってしまうのね？ねえ、何もかも片付いたら、その後なら、幸せにあなたと会えたのに。あなたを私の子供として、ずっとずっと生きることだってできたのに」

ごきん、と骨が軋む。

ぐりん、と音が鳴った。

ぶちゅり、何かが千切れた。

骨と肉が変形する歪な音が静かな町に響いていた。音がするたびに滝の首から上が歪んで、曲がって、次第に伸びていく。恨めしげな女の生白い顔が、みみずのような長い首を揺らして夜闇に浮いていた。

――ああ、ろくろくび。

絵草紙で見たことのある姿に、優しい、美しいその人は転じていた。髪を振り乱して、天高くからぎょろりとした目玉が光って、牙のような歯の隙間から白い煙が立ち上る。たまの知っている人はそこにはいなかった。

たまは弾かれるように走り出していた。視界が霞むが乱暴に拭う。

――たまは何を見ていたの。

いつからこうだったのだと強く歯噛みする。最初から、自分は何も知らなかった。たまの背中を滝が追いかけてくる。通りには二人だけだった。不気味なほどに人影がない。

「待て、待って、ねえ、逃しやしないわ！　お待ちなさいな、かわいい子、愛しい子、あなたは私のこんな姿を見たのだから、もう逃してなんてやれないわ」

何がおかしいのか、けたけたと笑い声を上げる。その声はやっぱり滝のそれで、ひどく懐かしくて、たまは泣きたくなってしまった。

「私だってお滝さんのこと、一等好きだったのよ。話しているとずうっと楽しかったもの、この前久しぶりに会えた時だって嬉しくて！」

「それなら止まってお話ししましょうよ、ねえ」

艶めかしい響きにぞわりと肌が粟立つ。

走る、走る、たまは必死で足を動かすのだが、通りをどれだけ過ぎても一向に距離を広げられない。しかもあちらは首が伸びるのだ。いつ噛みつかれてもおかしくない。たまを転がして楽しんでいるのか、滝はけらけらと囃し立てた。

「さあ、さあ、お逃げなさいな、かわいいおたまちゃん！　あなたを食いたくなどないのに――でも、どうしましょう。きっと食べたら力が付くわね。そうしたら、あの人を見つけ出せるわね。ねえ、おたまちゃん、私、あの晩から何もかも、ちっとも上手くいかないの――」

「ごめんなさい、ごめんなさい、たまは、たまは」

「大丈夫よ、大丈夫、怖がらないで。平気よ、すぐ終わらせてしまうわ」

――ああ、ああ、大好きな人が本当にあやかしになってしまった。

けれども追ってくる現実は消えてなくならなくて、いくら好きな人にでも食べられたくなどなくて、たまは必死に足を動かした。

夜四郎なら、夜四郎ならば助けてくれるだろうか。たまも、滝も――

夜の町を駆け抜ける。あと少しで追いつかれそうだと、身体が悲鳴を上げる。

「――よく来た」

だからだろうか。その声を聞いた時、たまがどれほど安堵したことか。

「たま！」

声に合わせてたまは勢いよく転がった。あちこちに小石がぶつかって、這《ほ》う這《ほ》うの体で物陰に転がり込む。

「あい！」

辻には夜四郎が抜き身の刀を手に待っていた。

――迅《じん》、と風が唸る。

首か――否、はらりと舞ったのは滝の髪だった。次いでからりと音を立てて簪《かんざし》が落ちる。直前で首を引っ込めた滝は恨めしげにたまを見た。

「おたま！　おまえも、おまえまで私を苦しめるのか！　おのれおのれおのれ、よくもよくも、小娘がッ、よくもこの私を騙したなあッ」

庇うように夜四郎がたまの前に立つ。夜四郎の影の中で、たまは嗚咽を漏らした。

「元のお滝姉さんに戻ってほしいの」

「元も何もあるものか、おまえの知る私も、今のこの私もどちらも私だというのに！　おまえに都合の良い女でなければ私でないというのか」

口の中の赤色が、いやに鮮やかに見えて、瞼の裏に焼き付いた。たまは違うと首を横に振る。言葉が上手く紡げない。

夜四郎が刀を正眼に構えた。滝はようやく、夜四郎に嘲るような目を向けた。

「おまえはだあれ。あの人を使っていた悪い人？　おたまちゃんまで使って、ねえ、私を苦しめているのはあなたなの？」

「さあ、知らんな」

「恨めしや、浅ましや！　捨てただけでは飽き足らず、とうとう私を殺せとあの人が言ったのね、そうなのね」

滝がぎょろりと夜四郎を見た。夜四郎は顔色一つ変えない。

「そこのおたまから聞いているのよ、団子屋に繁々と通う男のことを」

「生憎と人違いだとも聞いている」

「今度は可愛いおたまにまで手を出すと言うの。私がいながら、私を捨てて、またしても！」

「まったく」

夜四郎はぶん、と大きく刀を振るった。何もない空中に、何を——たまには見えていなかったたが、その刃は何かに当たって、弾き飛ばした。

簪《かんざし》だった。

先の研ぎ澄まされた簪《かんざし》が無数に宙に浮かびあがる。命あるもののようにひとりでに宙を滑空し、めらめらと怪しげな炎を纏って見えるのは、たまの恐怖心からか。

それが夜四郎の喉元狙って飛び回る。夜四郎はそれを叩き落としたのだ。

「話の途中だぜ、別嬪《べっぴん》さん。少しは話を聞けばよいものを」

夜四郎はからかうように笑っていた。

「ああ、口惜しや……」

もう少しでその子共々針山だったのに——ぞっとするほど優しい声で滝は紡ぐ。

「そんなに恨めしいか。死してなお現世に留まって、お前を慕う娘を手にかけようとするくらい恨めしいのか」

「恨めしや、ああ、恨めしいともさ！」

滝が叫んで、また夜四郎が刀を振るう。

鋭い音がして簪《かんざし》が飛び散った。風が鳴って、それは夜四郎の刀なのか、お滝がたまを狙って投げてくる簪《かんざし》の立てる音なのか。

幾度も銀色の軌跡が月明かりに描かれるのだが、ぐねりぐねりと白蛇のように滝の首は避ける。身体は闇に溶けてしまってわからない。

――夜四郎さま？

たまは不安に駆られてその背中を見た。簪《かんざし》を落とし、首を狙う。すんでのところで切っ先は宙を裂く。

夜四郎は飛んでくる簪《かんざし》を落とす。巻きつこうとした首を狙う。けれど深追いはしない。滝の攻撃をのらりくらりと躱して、たまから注意を逸らしながら、夜四郎は待っていた。

不意に雲が晴れた。

突然夜四郎は身を低くして加速した。

腰に引っ提げていたはずの鞘を手に振りかぶり、力一杯に滝の身体に叩きつける。次いで刀を返し、峰で打ち据える――たとえあやかしになっていたとしても、金剛の身体になるわけでもない。元は女子の身体だ、夜四郎の一打で簡単に吹っ飛んだ。

苦しげに滝が息を吐く。

夜四郎が刀を持ち直す。

夜を駆ける足音が響く。

「おっかさん！」

滝のその身が地面に転がる寸前、駆けて来た男が手を伸ばして滝を抱え込んだ。間に合った――そんな声が降ってきて、来るべき衝撃が来なかったことを訝しんで、滝は薄目を開けてその男を見上げた。

見上げて――固まる。

「あ、あんた――」

そこにいたのは、佐七だった。

佐七が両の腕を目一杯に伸ばして、滝を受け止めていた。

滝が佐七を間近で見たのはこれが初めてだった。おろおろと視線を彷徨《さまよ》わせる。伸びきった首が元の通りに落ち着いていく。

「おまえは……」

佐吉さん、と恨めしげに言いかけた口を噤んだ。佐吉にしては幼すぎると気がついたのだ。

けれどその顔立ちは見知ったようで、見覚えがないもので戸惑って、少し迷って……

「……もしや、ねえ、おまえは佐七なの？　かわいい私の、佐七？」

ようやく、弱々しい声が溢れた。滝は確認するように、かつて失ったはずの我が子に手を伸ばしていた。視線が揺れて、頬に触れようと臆病に手を伸ばした。

「うん、おっかさん、俺は佐七だよ」

佐七はその手をとって、うんと優しい声で返事をした。やっと会えた、と佐七は泣きそうな顔で母を抱きしめた。

「おっかさん、遅くなってすまねえ」

「ああ、佐七、佐七だったのね……私の佐七」

滝の瞳から、濁った色が消えた。代わりに溢れるのは透明な雫が大きく一つ、二つ。

滝は佐七、ともう一度名を呼んだ。

「おまえはもうこんなに大きくなっていたのね」

「うん、うん」

「――ああ、ずっと二人に会いたかった、ずっとずっとずっと、会いたかった、顔を見て、声が聞きたかったの。私、それだけだったのよ――」

「やっと会えた、俺もずうっと会いたかったよ。おとっつぁんが死んで、おっかさんのことを聞いて、それからさ随分と探したんだよ」

「……死、んだ？」

どうして、と言葉にならない空気が零れた。滝の目が大きく見開かれる。

死んだ？　あの人が？　憎らしくて愛おしいあの人が、突然来なくなったその理由は。

滝の顔がさっと青くなって、佐七は苦しげに呟いた。

「……ああ、やっぱり、知らなかったんだね、おっかさんは」

「うそ、そんな、私の佐吉さんは、ああ、ああ、あんたのおとっつぁんは、もう死んでしまったというの……」

「もう五年も前の話だ。おっかさんに悪かったと、会いたいと、ずうっと言っていたよ。約束を違えて悪かったと、会いに行けずすまないと、ずうっと死ぬまで詫びていた。おとっつぁんとおっかさんに何があったかは教えてくれなかったが、ろくなことしてねえのかもな。でも、会いに行ってくれって、謝ってくれって」

「あの人は……そうなの……」

滝の双眸《そうぼう》からほろりと雫が溢れてくる。顔を両手で覆う隙間から零れ落ちて、地面を濡らした。

「私も会いたかったわ。謝りたかった。こんなことになる前に、あなたが逝ってしまう前に、会いたかった、会いたかったの、もっとたくさん話をしたかったのよ、佐吉さん。わたしはただ、あなたに会うためだけに、こんな姿になって」

ほろほろ、はらはら、涙が地面に黒い染みを作る。瞳の奥で黒々と虚ろに、それでいて爛々と輝いていた光が収まった。

その代わり、白い肌がまだら模様に染まり始める。赤紫、青紫――だんだんと縊死《いし》した者の体を成す。佐七は青い顔で母を抱きしめた。

「お、おっかさん！　ああ、待ってくれ。なあ、何が起きているんだ、夜四郎さん！　おっかさんは一体なぜこんなことになっちまっているんだ」

「蟠《わだかま》りが解けて、時が流れた」

夜四郎は静かに呟いた。

「川副滝は既に死に、此方《こなた》の――この世の存在ではないのです。……それは佐七殿も知っていたはずだ。聞いていたはずだ。先の姿も見たのでしょう」

――確かに、見た。たまも、夜四郎も、佐七も、ろくろくびの姿を確かに見た。

「なんてことだ、なんてことだ、なにもかも間に合わなかったのか」

佐七は咽《むせ》び泣くしかなかった。

「なあ、おっかさんはどうあっても戻らないのかい」

泣きながら、佐七は夜四郎に問うた。夜四郎は静かに頭を振った。

「もうどうにもならないのか……」

「既に──とうの昔にこの世のものではないのです」

夜四郎の提げた刀を今更見て、佐七は震えた。滝を庇うように抱きしめる。

「こんなに苦しんでいるおっかさんを、斬る必要があるんですか」

「救うために、斬らねばならぬのです。首をくくられていてはうまく息もできません」

夜四郎は静かに視線を返した。佐七は呻いた。

「くそ……ああ、なんでだ、せっかく会えたのに、やっと手を掴めたのに」

淡々と、粛々と、夜四郎は言葉を紡ぐ。

「そこに在られるのは、とうに儚くなった命なのです、佐七殿」

「わかっているさ、ちゃんと夜四郎さんの話を聞いてきた。他の人からも聞いたさ！だから来た。来いと夜四郎さんが言った」

佐七が噛んだ下唇から血が滲む。それを、柔らかく拭う白い手──

滝が優しい目で佐七を見つめていた。その瞳はたまも、夜四郎も捉えずに、ただただ真っ直ぐに佐七だけを見つめていた。

「佐七、きっと最初からこうなる道だったの」

滝はぽつりと呟いた。

「ああ、見られてしまった。可愛い子に、愛しい人に……この姿を見られてしまったんだもの、ああ、恨めしい、恥ずかしい、消えてしまいたい」

「恥ずかしいものか、どんな姿だっておっかさんは綺麗だよ。おとっつぁんはいっつもそう言っていたけどさ、嘘なんかついてなかったんだな」

「佐七、本当に大きくなった……」

――ただ見守りたかった。あなたが世界を知っていく姿を。言葉を学び、愛しい誰かを呼ぶ姿を。

当たり前にそんな幸せを滝は夢見ていた。

「ごめんなさいね、佐七。ごめんね」

「違う、違う、ごめんは俺の言葉だよ、やめてくれよ、おっかさん」

「ありがとうね、私に会いに来てくれて。ねえ、わかる？　どれだけ嬉しいか」

「ありがとうも、嬉しいのも、俺の言葉だよ……」

「会えてよかったわ、あなたを見て、私、やっと……やっと、眠れそうだと思えたの。ずうっと眠れなかった。永く眠れると思っても、悪い夢の中を彷徨《さまよ》うしかなかったの。いつかきっと、三人で幸せになりたかっただけなのに」

佐七は咽《むせ》び泣いていた。

佐七も夢見ていた。おとっつぁんがいて、おっかさんがいて、三人で倹《つま》しいながらも幸せに暮らす、そんな夢を。叶わなくなったそんな夢を、二人は——きっと三人とも、別々に見ていたのだ。

子供をあやすように滝は佐七の背中を力無く撫でていた。段々とその動きも緩慢になっていく。

「幸せになって頂戴ね、可愛い佐七」

そして、長く、息を吐いた。

「——あなた」

そこでようやく滝は夜四郎とたまを見た。

「俺かな」

「ええ——おたまちゃんの連れてきた、恐ろしいあなたのことよ」

「俺に、なにか」

「せめて優しく斬ってくださいな」

「……ああ」

「ねえ、あなたはそのために来たのでしょう。ねえ、知らないでしょう。私たちの中でも、あなたは噂になっているのよ。あやかしを葬送《おく》る辻斬り紛いの男」

あなたのことでしょう、と呟いた声はか細い。

ろくろくびだった時には爛々としていた瞳にも光はない。まるで、なにもかも放棄したかのようだった。既にこの世の命ではない。あやかしに転じて、その存在さえも蝋燭《ろうそく》の灯のように揺らめいて、消えかけていた。

「たまに、そのように頼まれていますから」

「……よかった。ねえ。おたまちゃんも、ごめんなさいね」

ずっと会えなかったこと。

何も言わずに消えたこと。

最後に怖がらせてしまったこと。

たまが何かを返す前に、滝はまた視線を息子に戻していた。

別れの時間だと滝が佐七を軽く押した。油断していた佐七は尻もちをつく。

「もっと早くにあなたを抱きしめてあげたかった」

滝は目を閉じた。

銀色の光が応えて――――静かに風が鳴く。

夜四郎の刀がお滝の影を斬っていた。

あの晩のように血が噴き出ることも、その長い首が地に落ちることもない。

斬ったのは、彼女をくくった太い縄の影だった。滝をこの世に縛り付けていた、歪な縄だけが斬られていた。

子に抱かれて、穏やかな顔で、滝は眠る。

閑話　お滝と佐吉

少しだけ昔の話、小間物屋の一人娘、滝には好《い》い人がいた。それが毎朝蜆《しじみ》を売りにくる棒手振《ぼてふ》りの佐吉だった。挨拶を交わす仲から、他愛もない話をする仲になり、程なく二人は恋人にもなり、数年たって慎ましくも祝言を挙げることとなった。子も早くに授かって、二人に笑顔は絶えなかった。

幸せな二人だったと誰もが言った。

間違いなく幸せな日々だった。

しかし佐吉はひどい嘘を吐いていたのである。棒手振《ぼてふ》りの人好きのする町人というのは仮の姿で、その正体は押し込みや物盗りで悪名高い一家に与《くみ》する小悪党だったのだ。

佐吉はついに己の罪を懺悔して、滝はたいそう驚いた。当然、滝の両親はお冠だった。愛しい我が子を甘い言葉で誘惑し、騙したとなればそれも当然だろう。

きっと足を洗うと言う佐吉ではあったが、顔が割れてしまってはそこにはいられない。盗人の子など要らぬと、幼い佐七共々半ば叩き出されるようにして出ていくことになった。

滝は取り乱した。たとえ盗人でも愛しい人だ。どうにか足を洗っておくれ、でなければ自分も連れて行っておくれと縋って、子供と佐吉と会えなくなるのは死ぬよりも辛いと訴えた。

結局、それは叶えられない話だった。両親は滝をなだめ、強く言い聞かせた。当の佐吉本人さえ首を横に振った。

「綺麗さっぱりと足を洗って、きっとすぐに迎えに行く」

そう言って、滝は何度も何度も説き伏せられた。

そしてある晩、ついに佐吉は幼い佐七を連れて忽然と姿を消してしまった。それを世間には病気で亡くなったことにした――それが川副滝の悲恋譚のあらましである。

それでも滝は何年も耐えた。

季節ごとに文が届いた。簪《かんざし》や花が添えてあって、ぶっきらぼうながらも愛のある言葉が連なっており、お滝はそれを随分大切に、何度も何度も読み返していた。文はこっそりと庭先や床の間に置いてあって、それを探すのが季節ごとの楽しみにもなっていた。

しかし、ある時からぱたりと何の便りも来なくなった。文も贈り物も噂話もぱたりと消えたのである。

よもや病気なのかと心配した。

まさか忘れてしまったのかと不安になった。

しまいに他に好《い》い人が出来たのではと恨めしくなった。

心配で、不安で、ありもしないことに対する疑念で恨めしくなって、潰れかけたが、それでも待ち続けた。せめて子の成長を見たいと、近くの町や村を捜しもした。

どうあっても見つからない。捜し出せない。逃げられた、故に二度と会えない。

――そう思ってしまったのが、冬。

お滝は何もかも諦めてしまった。

◆◇◆

川副家を出た佐吉は何年も足を洗おうとしていた。

親分の元へ戻る前に、佐吉は幼い佐七を農村の友人に預けた。我が子には同じ道を歩ませまいとして、表向きは友人の子として扱ってもらうことにしたのだ。けれど父子の情は切れぬように度々顔を出していたらしい。

その甲斐あってか佐七は一家に目をつけられることも盗人になることもなく、無事に育った。表向きは友人夫妻の養子として。けれど佐吉を父と認識し、時折親子として交流し、彼は真っ直ぐに育った。

佐吉はあまり上手くない女の姿絵をいつも持ち歩いていた。佐吉自身が描いたものだった。

「こいつがお前のおっかさんだぜ、天女様のようだろう。所作から声まで美しい人なんだ。お前も覚えているかな」

そう言い聞かせるのが常だった。

「なんで会わないの」

佐七が首を傾げれば、

「今は会えねえのさ。悪いなあ、俺が不甲斐ないばっかりにさ、これが最後、これが最後と、おまえとおっかさんには苦労ばかりかけちまって……」

そう言う佐吉の理由を、佐七は聞かせてもらえなかった。義父母も何も言わなかった。それでも、こそこそと夜遅くにやって来て、朝になる前に去っていく父は、褒められた生き方はしていないのだろうと言うことはわかっていた。

「いつか、お前と俺とで、会いに行こうな」

佐七の頭をくしゃりと撫でて、いつも言っていた。

それが夢物語と化してしまった。流行り病に倒れた佐吉は無念に枕を濡らした。死ぬ前にお滝に会いたいと、謝りたいと、そればかりこぼしていた。

しかし佐七にお滝のことを詳しく伝える前に、佐吉は逝ってしまった。

そうして滝は何も知らないままに何もかもを恨んで悲しんで――

両親の事情を何も知らない息子は、ようやく一人旅を許されて、ただ一目母に会うために春になって村から出てきたのである。

これが滝と佐吉と、佐七の物語だ。

陸

さわやかな風が吹き抜ける。

たまは硯に墨をたっぷりとすって、何枚も何枚も絵を描いていた。描いては気に食わないと背後において、また描いて。平仮名も同時に綴っていく。

この日、たまは午後の早いうちから破れ寺《やでら》に駆け込んでいた。書き物道具一式をどこぞから取り出して、勝手に描き出したのが朝と昼の境の頃で、それからずっと続けて今に至る。夜四郎は胡坐をかいてこれを眺めていた。

「また突然来たかと思えば、おまえさんは一体何をしているんだ」

挨拶もそこそこに絵を描き出したたまを見て、夜四郎も呆れ声を出す。

「またあやかしが出たかい」

「いいえ」

「そんじゃあ、どうした」

「絵を描いています」

「なんでわざわざ」

「憶えておくためにです」

「何を？」

「お滝さんを描いています」

ようやく納得のいくように描けたのは一体何枚目だっただろうか。たまは出来上がったそれを夜四郎に見せた。

蛇のように白く長い首に小さな顔の女。綺麗にまとめていた髪はわずかに解け、ちろちろと赤い舌——黒一色で描かれているのだがあくまでも赤い舌——が踊っている。

夜四郎はそれを感心して見ていた。

「へえ、中々うめえもんだな」

「えへへ、絵の先生に簡単な絵を教えてもらったことがあるのです」

「うん、うん。よく描けている」

そうは言っても簡素な絵ではあった。

使う色も墨の黒一色。たまも夜四郎も絵の具の類いは持っていない。よくよく乾かしてから、たまは分厚い紙を表紙に据えて、ろくろくびの紙を挟み込んだ。

まだ一枚……これが一体何枚になるのだろうか。

あの後、日が昇るとお滝の姿はたちまち消えてしまったらしい。らしいというのは、たまは翌朝店に来た佐七にそう聞いたからだった。

「おたまさんのお陰だよ。最後の最後に会えた。別れだけでも言えた。おっかさんも今度こそ眠れたんだ。本当はこうなる前に来たかったが」

それでも感謝しかないと語る佐七は悲しげに笑っていた。

ちなみに、佐七はこのまま町に残ることにしたそうだ。まずはここで父と滝とを一緒に弔ってやりたいと言う。

今回は何もかもが間に合わなかった。たまが佐七の名前を先に出していたのなら、滝の生前にもっと上手く立ち回れていたのなら。後悔ばかりだ。

だからこそ作ろうと思ったのだ。

「夜四郎さまとたまの……私たちのあやかし手帖です。どんなあやかしがいて、どこで出会って、どんなことがあったかを忘れないように記録するためのものです」

「ほう」

「忘れないで、後に生かすためのものです」

夜四郎はにやりと笑った。

「そういうことか、いい考えだな。記録するというのは殊勝だ。嫌いじゃない」

少し借りるぜと、夜四郎がたまから筆を取った。

そのままにさらりさらりと表紙に書いたのは――

『夜珠《よるたま》あやかし手帖《てちょう》』

丁寧な文字でそう綴られていた。

「そンなことなら、題するのはこれしかないだろう？　夜四郎とおたまの手帖だからな。お前さんの名がこの字かは知らんが――」

「わあ！　なんだか立派になりました！」

「まあ、不満がないならこれでいいだろうよ」

たまの反応に満足そうにしながら、夜四郎は確かいい綴じ紐があったはずだが、とその辺の箱を漁り始めた。

「しかしまあ……お前さん、結局手伝ってくれるってことかな」

「はい」

たまは力強く頷いた。

「たまは夜四郎さまのあやかし退治にご協力します」

――本音を言えば、滝のように悲しいあやかしは斬らずに助けたい。

けれどたまには助ける力すらないのだ。助けたいならば、夜四郎の力を利用するしかない。夜四郎に目を利用させる代わりに、彼の力を利用する。

夜四郎もそれは承知の上なのか、

「たまの目をご存分にお使いください」

と言えば、

「ならおまえさんは俺の力を存分に使えばいいさ」

と刀をぽんと叩いた。

「ただ、覚えておいてほしい。俺はあくまでも俺の目的が第一だということだ。俺は早く元に戻らなきゃならない。俺には守らないといけないやつがいる。こうしている時間が長くなればなるほど俺の身体がどうなるかもわからんからな、いつもお前さんのためだけに動いてはやれんよ」

「たまも危険な時は逃げますし、夜四郎さまの邪魔をするつもりはございません」

「それでいい。俺はお前さんを害することはないと、それだけは約束するよ」

出会って数日でしかないたまの希望になるだけ沿おうと夜四郎は言う。たまは笑顔を咲かせた。

――やっぱり、夜四郎さまはお人よしだわ。

きっと、やさしい物語になればいいと手帖に手を添える。

「夜四郎さま、これからよろしくお願いしますね」

春。季節はゆるりと移りゆく。

弐話目　のっぺらぼう

○

――己《おれ》には生まれた瞬間から顔がない。

思いのこもった筆が紙を走る。

焦りを孕んだそれは段々と一つの形を成していく。

お前にはどんな価値《かお》もない、とぼやいた男の声でのっぺらぼうは目が覚めた。もともとどんな存在で、どんな因果をもって、いつ何処からやって来たかはわからぬが、目が覚めた時にはぼろ長屋のひと部屋にある一枚の未完成の絵の中にいた。

「兄さんの絵はまた売れたってサ」

男はぼやく。思いを筆に乗せる。

「兄さんはいいよなあ、生まれながらになんでも持っているんだもの。ちぇ、おいらもお前も、何も持っていやしないんだから……」

おいらがめざしを食べている間に、兄さんは鰹なんかをたくさん食っているに違いないやと不貞腐れて、男は筆を放り投げた。

顔のない侍のような形をした絵が、紙の中にいる。

何度も筆が走る。走る。形取られる。

何も持たぬモノとして形作られる。

足りないものとして定義づけられる。

そうして描かれたのっぺらぼうは、しかしいつまで経っても顔を与えてはもらえなかった。どこの誰でもない、故にどこにも居場所を得られない。化け物絵としては不気味でもなくて、顔がないから人物画としても未完成。

描いた絵師が悩むことに飽きて適当に放り出したそれを、拾い上げてくれた男はいた。それでもやはり顔は与えられないままだった。

足りない、満たされない、心が渇いてならない。

――ああ、顔が欲しい。

――顔さえあればいいのだ。

――そうしたら、己《おれ》を描いたあの男も、己《おれ》を認めざるを得なくなる。

――己《おれ》を要らぬものと言ったあいつを散々に怖がらせてから食ってやろう。

黒い感情が重なって、ある日、のっぺらぼうはずるりと絵の内から抜け出した。顔には凹凸のないつるりとした面が貼りついている。

外にはどろりと生ぬるい空気が流れていた。その中を、のっぺらぼうはのそりのそりと歩く。

身体らしいものはある。だが、知識はない。顔もない。

のっぺらぼうは夜の町を彷徨《さまよ》って、人が持っているものを借りることにした。此方《こなた》のことは人から学ぶことにした。

どうすればいいかはわかっている。

通りを歩く男を呑み込む。人の形に馴染む。

土手で涼む女を呑み込む。人はこうやって声を出すのかと確認する。

また男を呑み込む。そうか、こうすればいいのか。

また女を呑み込む。そうか、そうなっているのか。

夢中になって呑み込む。

貪欲に学ぶ。

学んだとおりに剣を振るってみる。艶っぽい声を出してみる。悲鳴を上げて、駆け付けてきたものをまた食ってみる。

食えば食うほど、人の口にのっぺらぼうの噂が立って、人の認識が変わるのを感じた。人との間に縁が生まれて、その姿を目にする人が増える。その度に呑み込む。呑み込む度にその人たちの知恵や記憶を借りることができる。

人を食って大きく育つ。

──ああ、大分腹が膨れてきた……

のっぺらぼうは暗闇に溶け込むようにして町を行く。集めた知識で町を行く。人を食って大きく育つ。

それでも顔だけは手に入らなかった。

壱

むしむしとした空気を引き伸ばすような、生ぬるい風が吹く初夏の頃。

ここ数日でも殊更《ことさら》鬱陶しい暑さだ。湿気を帯びた風は心地よさを運ぶことはまるでなく、より一層暑さ、不快さを際立たせるばかりである。

たまは手で顔を仰ぐようにしながら、もう一方の手で庇《ひさし》を作って空を見上げた。かろうじて眩しい日の光が雲越しにやってきてはいるものの、天気はいつまでもつだろうか、急に不機嫌になってもおかしくはない空模様だ。

馴染客の太兵衛《たへえ》がたまに話があるとやってきたのは、まだ昼前のこと。団子屋──志乃屋の床几《しょうぎ》に座るなり、太兵衛は唐突に語り始めたのである。炙りたての団子をふうふうと冷ましながら語られる話に、たまは悲愴感たっぷりの顔で応えた。

「のっぺらぼう、絵から飛び出たお侍……ですか」

「しぃっ、おたまちゃん、声を落として！　その様子じゃあ、噂はまだ聞いてないのかい」

たまは慌てて口を押さえるが、そもそもそんなに大きな声を出してもいなければ、周りに他の客もいない。二人で顔を見合わせてから、たまは先を促した。

太兵衛が語るに、こういうことらしい。

ある晩、絵に描かれた侍が紙から脱走した。太兵衛は寝苦しい晩にそれが長屋を彷徨《うろつ》いているのを見たという。それは太兵衛に襲い掛かったようにも見えたが、瞬く間に何処かへと走り去って消えた。

翌朝になって長屋の連中に聞いても、誰一人として何も見たり聞いたりしていない。薄壁一枚隔てただけなのだから、本当に何かがいたのなら誰かしらは気がつくはずである。なのに、木戸番すらも何も見ていないと言うのだ。

そんなこともあって、一度は夢かと安心したものの、そうは問屋がおろさない。なんと絵から抜け出したそいつは、夜な夜な町を渡っては人を呑み込む化け物だったというではないか。

「ひ、ひひ、人を食うのですか⁉」

「そいつがのっぺらぼうっていうのも相まってサ、見ただの見ないだの、ちょっとした噂になってるんだよう……」

たまは思わず、ひゃあと情けない声を出しかけた。人を食うあやかしのっぺらぼうともなれば、本で見かけたこともあるはずだが、人を食うあやかしだったかはわからない。そのようなことは書いてあったかどうか。

太兵衛は、ああ、それなら、と少しだけ気楽な声を出した。

「食われたって言っても、当の食われた人たち自体は戻って来てンのさ。不思議だろ？　呑み込まれたって言っちゃいるけど、身体はピンピンして、怪我をしているわけでもないんだって」

「なあんだ、それなら……」

「いや、確かにひどいことにゃ、まだなっていないんだけどよう。それぞれ何かを忘れちまっているって噂もあってさあ……。そのう、声の出し方とかサ、剣の握り方とかかサ」

「十分悲惨じゃないですか！」

たまは両手で頬を押さえた。

当たり前に覚えているはずのことを忘れてしまったら、剣に生きる人が剣を忘れたら、何気ないものの使い方が突然わからなくなったら——想像するだけでたまは恐ろしくって堪らない。

「怪我人がいないことだけは、確かによいのですけど。でも、太兵衛さんがわざわざたまに聞かせに来るって……太兵衛さんにも何かあったんです？」

おずおずとたまが聞くと、太兵衛はぐっと言葉に詰まって、視線を彷徨《さまよ》わせた。さらに声を落として、たまを手招き。顔を寄せれば、その耳元でささやく。

「多分なんだけどさあ、あれ、おいらが描いたやつ……かもしンねえのサ」

「たたた太兵衛さんがです⁉」

変なことを言い出すので、たまは仰天するしかなかった。本当のところ、話を聞いているうちから少しだけそんな気もしていたのだが、実際そうだと言われるのと、ただのあてずっぽうな予測とでは大違いだ。

新しい絵を考えていたのだと太兵衛は言う。とびきりいい絵を仕上げて、世間を驚かせてやろうと意気込んだまではいい。

「珍しい構図や題材も考えたんだけどよ、いっそおいらが普段描かねえようなもんにしようとしてさ、まずは気の向くままに描いてみたのよ。夕暮れ時に佇むいなせな二本差しの美丈夫さ。こう、目の引く構図できりっと目元が涼しげで……まあ、実は兄さんをちょいとばかり参考に描いていたンだけど」

「お兄様？」

「あ、実の兄貴じゃなくて、兄弟子の美成《よしなり》さんだよ。あの人、洒落ていて背筋もピンとして、かっこいいからさア。それで、途中まではそれなりに描けていたンだ。しっかしなあ、その顔だけがうまく決められなかったんだよう。どんな表情なのか、とんと見えてこなくって、そのほかはなかなかよく描けたんだけど」

「そ、それが逃げちゃったと！　大変なことではないですか……」

「だろう⁉　あののっぺらぼうがさ、もしも何か悪いことをして、その疑いが兄さんに向けられようものなら……ああ！　恐ろしいよ、おたまちゃん」

「でも、顔はないのでしょう？」

「うん。でも、背格好はかなり似せていてさあ……着流しの柄だろ、髷《まげ》の結わえに、立ち方に、小物もちょいと真似をして……こんな粋な御仁はこの町じゃあ兄さんぐらいだってえくらいにな」

「むう、そこまでするのなら、いっそ兄弟子さまのお顔を借りればよかったのに。はじめから兄弟子さまの姿絵を描けばよかったのではないです？」

「そんなわけにはいかないよう、おたまちゃん。勝手に描いたら怒られちまうし、安易なものに逃げるなって言うに決まってらあ。兄さんってな、それはもうべらぼうに怖いんだぜ？」

太兵衛はあっけらかんと言い放つ。そうは言っても姿形は借りてしまっているのだから同じことではないかと思うのだが、顔さえ違えば最終的には別人なのだと太兵衛は主張した。

「おいらの兄さんは顔なしじゃないしな」

そうこうして、もたもたとするうちに完成前の絵が消え、時期を合わせるようにしてのっぺらぼうが現れたのだという。

当然、太兵衛はまずは自分で探そうとした。

しかし、頓挫する。何処から探せばいいかもわからない。戻ってくるかと長屋で待ってみたが、とんと現れない。

それでも兄弟子や店には怖くて言い出せなくて、このところ一人でいそいそと探していたのだと言う。

そんな折に彼は同じ長屋に住む男から、あやかしごとを集め出したという、たまの噂を聞いた。

太兵衛が突然、たまを拝むような姿勢をとったものだから、思わずたまはぎょっとした。店先に留まる人がいないと言うだけで、往来には人影がある。看板娘とそれを拝む男の構図はさぞおかしく映るに違いない。

「た、太兵衛さん！」

「な、お願いだよう。なんでも、おっかねぇ話を集め始めたンだって？　おたまちゃん、怖がりなのにヘンテコなことするよなあ」

どんな話の伝わり方をすればそんなことになるのだ。

たまはなんとなく話の出所がわかってしまって微妙な笑みを浮かべた。

少し前に、たまはろくろくびを巡る事件に首を突っ込んでいた。その際知り合った佐七が、気を利かしてくれたのだろう。

——たまは、あやかし相談処になってしまうのかしら……

そんな予感に思わず口角を下げる。たまは怖いものを好む方ではない。

よくわからないモノは怖いモノ、よくわかったとしても怖いものは怖い。今回の話もそう言った類いなのだと気が重くなる。

そうは言ってもあやかし話の蒐集をしているのも嘘ではない。集めている主体がたまではなく、夜四郎だというだけだ。

破れ寺《やらでら》暮らしの夜四郎の正体は、ただ町に流れ着いただけの風来坊なのか、はたまた実はお偉い武家の侍なのか……実のところ、たまにもよくわからない。

ただ、彼が常にあやかしを探していることだけは確かだった。奪われた己の身体を取り戻すため、百八のあやかしを探しているのだ。

たまはその手伝いをしているだけなのである。

「ええと、集めていると言えば、そうなりますけど……」

「ああ、よかった。佐七さんに聞けばさ、おたまちゃんの背後にはどんなあやかしも

「佐七さんは一体どんな伝え方をしたのですか！」

斬る凄腕の侍がいるンだってな」

「いやいや、冗談だってば。その、なんといったっけ？　おたまちゃんの知り合いの……手習いの師匠だか、親戚だか、とにかく夜四郎さんって人がさ、あやかしのことなら親身に聞いてくれるンだって聞いただけだよ。夜四郎さんも二本差し、のっぺらぼうもまた二本差しってぇわけだ。話だけでも聞いてくれるように頼んじゃくれないかい。なんなら、おいらの話は聞かずともさ、のっぺらぼうを絵に戻してくれりゃあいいんだけど」

早口に捲し立てる太兵衛が刀を振る素振りを見せて、たまはそれをひょいと身体ごと避けた。

太兵衛の主張もわかる。何よりたまは困っている、助けてくれと言われて断れるたまではない。頼むと言われると、たまはめっぽう弱くできていた。

それに、話を聞けば兄弟子もずいぶん迷惑していそうな話ではないか。勝手に自分の姿をしたあやかしがあちこちの町で暴れていては、困ったどころの話ではないだろう。

「な、おいらはいつだって暇だしさ、なんでもするよ。後生だから頼むよう」

たまはぐぬぬと眉根を寄せたが、「頼む」――そう言われてしまえば、たまの返答は決まっている。

——どのみち、あやかしごととなれば夜四郎さまの出番だもの。

今行くか、後で事件が起こってから行くかの違いだ。ならば早いに越したことはないと自分に言い聞かせる。解決されなければ、たまや志乃屋が襲われることだってあるかもしれない。

「おたまちゃん、頼まれてくれるかい？」

「……あい」

太兵衛のダメ押しの一言に、たまはついに頷いた。

こうやって、たまはこの騒動を請け負ったのである。

◆◇◆

この季節の空はころころと機嫌を変える。微かに雲間に縹《はなだ》色の空が見えるが、いつ雨が降ってきてもおかしくはない。

たまは足早に破れ寺《やでら》へと向かっていた。友人に会いに行くと言えば、おかみさんは不揃いの饅頭をいくつか持たせてくれた。寺の主も喜ぶに違いないと、たまの足取りも軽くなる。

何度か通って、寺への道順はすっかり頭に入っていた。人の多い往来から、角を何度か曲がって辻を渡って小川を越えて、人気のない通りに破れ寺《やでら》はある。

傾いた門に穴だらけの屋根、ぼうぼうに草の生えた境内――そこで視線を止めた。

珍しく夜四郎が表に出ていた。彼の目の前には烏が一羽、跳ねるように地面を移動している。夜四郎さま――たまはかけようとした声を引っ込めた。

夜四郎が烏相手に喧嘩をしていたからである。

「くそ、この烏、延々と居座っているとは思ったが……目を離した隙に俺の飯を盗むとは……！」

「ガア」

「しかも独り占めとはな！　おまえにも米を二、三粒譲ったろうが！」

「ガア」

笑い声にも聞こえなくもない烏の声に夜四郎が睨みを利かせる。烏は楽しそうに跳ね回っているだけだ。双方、この辺りに人がいなくてよかったと思うような、なんとも賑やかな声である。

状況はなんとなくわかったが、しかし……

たまは想像力の豊かな方ではあるが、大の男と烏とがぎゃあぎゃあがあがあ口喧嘩をする光景は予想外だった。流石に頭を抱えたくなる。

どうせなら出直そうかしら――と、たまが一歩後退《あとずさ》った時、夜四郎と烏が同時にこちらを向いた。気がつかないでほしかったとたまは目を瞑る。

「おたま！　来ていたか」

「ガアア」

烏が嬉しそうに鳴いて、夜四郎は人好きのする笑顔を咲かせた。それから、その目線はたまの手元――正確にはそこにある菓子箱に注がれて、その笑顔は深まった。

相当腹が減っていたのか、夜四郎は大股でたまに近付いてきた。上背があって一歩一歩も大きいのですぐに菓子箱までたどり着く。

諦めきったたまは、意を決して意識を引き戻した。「おかみさんからです」と饅頭の包みを夜四郎に渡しながら首を傾げて境内を見た。

「ええっと、から……その子とはもう大丈夫なのです？」

「いンや、べつに取り込んじゃないさ。今から昼にしようとしたんだが、この馬鹿烏に絡まれたんだよ」

「その子が、夜四郎さまに？　むう、大人しいはずなのですが……」

「この悪戯烏が大人しいわけあるものか！　こいつは俺の握り飯と沢庵漬を一人で食っちまったんだぜ。同居人だしな、半分の半分くらいなら分けてやろうと思ったのによ」

「はあ、夜四郎さまの握り飯をですか……」

「恐れ多くも俺の貴重な握り飯をだ」

「それでその子と喧嘩になったと」

「喧嘩しちゃいないさ」

夜四郎がなんとも複雑な表情で頷くので、たまもつられて眉尻を下げた。

聞けば、この握り飯は佐七からの差し入れらしかった。

夜四郎はあやかしの手に掛かって身体を失ってからというもの、非常に中途半端な状態になっていた。

半死半生の身――彼はあやかしに近いが、それではない。完全に死んでいるわけでもないが、生きた人間と比べると欠けている。そのため、生きていた頃と身体の勝手が違うのだと言う。

「むしろ前よりも動きやすくはなったし、空腹も感じない。食わなくたって多少はやっていけるが……人に気がつかれにくいのがかなり効いていてなア」

夜四郎はため息をつく。人の目には映るが、認識されにくい、要するに存在感がまるでないのである。相手が鈍いとまるで気がつかれないことも間々ある話なのだ。下手をすると四半刻経っても……なんてこともある。

夜四郎は食事をとても大切にしていた。いくらてんぷら屋に無視をされようと、豆腐売りに気づかれなくとも、可能な限り食事をとるようにしていた。破れ寺《やでら》暮らしの身の上、懐に余裕があるわけもないので、安く食えるものはないかと、あやかし話蒐集ついでに町をそぞろ歩いている。

今日もそんなことをしていたら、たまたま佐七と会ったらしい。事情を酌んだ彼は、夜四郎に握り飯と漬物を包んでくれたそうな。握り飯は大きなものを三つ、うち一つはその場で食べて、残りはゆっくりと食べようと足取り軽く持って帰ってきた。

そしてそれを、まんまと烏に盗られたと。

「災難でございましたね」

なるほど、とたまは腕を組んだ。烏もいつの間にか近くにやって来て、たまのそばで跳ねている。

「いやに人馴れしてやがるな、この烏……」と夜四郎がぼやいて、たまは目線を逸らした。そんなことよりも、夜四郎の話だ。

「むむ、でも、困りますよね。ご飯のことなら、少しはたまもお力になれますが……」

露骨に話を変えて、たまは夜四郎を見上げた。こんなことなら饅頭だけじゃなくて、色々と買ってきてあげるべきだった、とハの字に眉尻を下げる。

そうでなくても、この寺に生活感はない。欠けた湯飲み、年季の入った水甕、山ほどの古紙にぐらついた文机に、あやかし手帖のしまわれた箱と筆記具、それだけだ。たまはここに来るたびに掃除をしているのだが、いつも散らかっている。どうにもこの男、生活能力がそう高くないのである。

「夜四郎さまにいつだってたまが引っ付いているわけにもいきませぬし」

「まァな。始まりは俺の不始末からだ、そんなことまで望んじゃいない。今だって助けられているから、それ以上はおまえさんを巻き込むつもりもないさ」

たまにはたまの、夜四郎には夜四郎の生活、領分がある。

夜四郎が常から言うことだ。

しかし、たまはどうしても夜四郎のことが気にかかる。はじめこそ怖い人かとも思ったが、この胡乱な侍はとてもお人よしなのだ。そして、不器用でもある。あやかしを見つけるために辻に張り付いて、「辻のあやかし」と呼ばれたのは伊達ではないのである。

——そうだわ、夜四郎さまも志乃屋で働けばいいんだ！

突然、妙案が閃いた。夜四郎も銭が手に入るし、ご飯にもありつける。これまで来たことはないけれど、万が一怖い客が来ても夜四郎がいれば怖くないし、力だって強そうなのでおかみさんたちも助かるに違いない。なにもこんな時化《しけ》たところに居座ることもないのではないか——

たまは意気込んでそう伝えたのだが、夜四郎は想定外だったのか、「はい？」と惚けた声を上げた。烏もやめろとばかりにたまの足に頭突きしてくる。

「俺が、志乃屋でかい。おまえさんところの、菓子を売っている？」

「あい。近くに長屋もありますし、いいのではないでしょうか。おかみさんもだんなさんもきっと事情をわかってくれます」

「いや、提案はありがたいのだが……」

夜四郎は苦笑した。

「生憎と俺はいくらか都合が悪い嘘をついているものでさ。町であやかしごとがないか聞きまわるだろう。結構な場面で、何か困るとおまえさんの名前を出しているんだ。やれおたまの生き別れの兄貴だ、おたまの遠い親戚だ、寺子屋の師匠だ、なんだの。ま、要するに得体のしれない奴になっちまっているんだが……いやあ、おまえさんの評判がよくって助かるよ。名前を出せば大体の人は、気を許してくれるんだからな。あのおたまさんの知り合いって言うなら――ってな」

「なんと！」

「ははは、すまんよ。だからさ、そんな口から出まかせばかりの野郎が、おまえさんの家に居着くわけにもいかんだろうさ。そうでなくたって、身元も知らない胡乱な武士に俺を雇えと来られても、志乃屋も困るに決まっている。俺がいないほうが上手くいくというもんだ」

　提案だけありがたく受け取っておく、と夜四郎は笑った。彼は烏を一睨みしてから、座って話そうとたまを濡縁《ぬれえん》に誘った。いつもの煎餅座布団に、欠けた湯飲み。ぬるい水を汲んでくれたそれを受け取る。

　しかし、志乃屋で働けないとなると、あとは釣りでもするくらいのことしか、たまには思い浮かばなかった。

「それなら、自分で採るのはどうでしょうか。お魚を釣るのです」

「残念、俺は剣以外についちゃ、からきしだ。おたまはどうだい」

「たまも捌いて食べるだけですね……」

　とはいえ提案してもこんな具合なので、先は長い。

　腹をすかせた夜四郎のこともどうにかせねばなあ、と言うのが目下、たまの悩み事である。ひと回り以上も年の離れた少女がそんな悩みを抱え、いっそたまが毎朝こっそりご飯を運ぶのが一番かもしれない……などと決心したのを、夜四郎は知らない。

「たま、頑張りますね」

「おう。何をかはわからんが、ほどほどにな」

　たまはほどほど、というさじ加減が苦手にできている。勢いよく首肯した。

　夜四郎は饅頭の包みを開けて、嬉しそうにかじり付いた。よほど腹が減っていたのか、手のひらサイズの饅頭を三口で平らげる。

「茶でもありゃあいいんだがな。そら、おまえさんが持ってきた饅頭なんだ、食いなよ」

「では、いただきます」

たまも手を伸ばした。小さくちぎって烏に投げてから、自分もかじり付く。

「それで、何か話があって来たのだろう」

二つ目をかじっていると、夜四郎にそう聞かれて、たまは我に返った。

そうだ、ただ遊びに来たのではないのだ。

大きな塊を飲み込んで、水で口を湿らせて、たまは今朝聞いたばかりの話を夜四郎に聞かせた。

絵から抜け出した侍、のっぺらぼう、太兵衛の困り事——

ははあ、と夜四郎は顎を撫でながら頷いた。

「新たなあやかしごとか。こいつはまた安請け合いしたものだ」

からかうような視線にたまは口を尖らせた。

「それはそうなのですけれど。そんなことよりも夜四郎さま、のっぺらぼうの噂は聞いたことがございますか?」

おかみさん、だんなさん、太兵衛以外のお客の誰からも聞いた覚えはない。これからやってくる噂なのかもしれないが、少なくともたまには初耳だった。

夜四郎も首を横に振った。

「いンや、聞いちゃいねえな。のっぺらぼうくらいにわかりやすい奴なら、おたまの力を借りずとも見つけることはできるし、話が本当ならありがたい限りだが……その太兵衛が些事を大仰に言っているか、あるいはこれから話題になるのかってところか」

「夜四郎さま、のっぺらぼうなら見つけられるのです？」

「当然。言ったろう、視えはするんだ。なんなら、おたまに会う前に——それこそ、俺が辻のあやかしなんて不名誉な渾名を付けられていた頃に似たものは斬った」

夜四郎はにっと笑うと、目元をトントンと指先で叩いた。

夜四郎はあやかしなど彼方《かなた》のものを、視ることはできる。ただし、彼の視界には現世である此方《こなた》の景色も同時に流れ込むわけで、ひどく視界が悪いらしい。

生きた人間、動物、道具……紛らわしいものに擬態をされると判別がつかなくなるそうだ。逆に、風采が現世のそれと大きくかけ離れていれば、どんなに悪い視界でもあやかしだと判断できる。

だからこそ、彼は、たまをあてにしているのだ。どういうわけか、たまの双眸《そうぼう》は正確にあやかしを捉えることができる。夜四郎一人であやかしを探すよりずっと効率がいい。

夜四郎は少しだけ考えるそぶりを見せてから、「いいぜ」と頷いた。

「気に入った。わかりやすい形に、二本差しときたもんだ。剣の稽古がてら、退治といこう」

たまはほっと胸を撫で下ろした。

「よかったです。太兵衛さん、困っていらしたもの。それに、勝手に姿をとられて大暴れされたら、兄弟子さんの方が大変です。たまにもお手伝いさせてください」

「うん、そんじゃあまずはその太兵衛の長屋まで案内してくれるかい。上手くいきゃあ、そのあとは俺だけで片付けて、おまえさんの仕事は手帖の絵を描くばかりになるさ」

「あい！」

胸をどんと叩いてみせる。これで太兵衛からの頼み事も進みがあったし、夜四郎の目標にも近づいた。人を襲うあやかしなら悪いあやかしだ。夜四郎に退治してもらえば町の人も安心だろう。

話はおしまい、あとは世間話でも……と思っていたたまだったが、不意に夜四郎がじっとたまを見ていることに気がついた。正確には、たまの足元の鳥を、である。

たまは背中を伝う汗を感じながら、烏の背中をとん、と柔らかく爪先で突いた。向こうにお行き――の念を込めて、しかし通じるわけもない。

――もう、逃げてったら！

烏は微動だにしない。こんなに動かないこと、これまでなかったのに――

たまと呑気な烏の攻防をじっと見つめて、夜四郎は薄く笑った。

「悪戯烏をふん縛って軒先にでも吊るしておこうかとも思ったんだがな……」

「た、食べるためにですか⁉」

「まさか」

夜四郎は鼻で笑った。その表情は穏やかで、笑顔ともとれる――否、笑っているが、笑っていない。

夜四郎の視線でたまはびくりと跳ね上がった。それまでたまの足元で大人しくしていた烏がガアと鳴いて、嘴《くちばし》で夜四郎に襲い掛かるのをどうにか抱きとめる。たまに抱かれた烏は、暴れこそしないが黒い瞳でじっと夜四郎を睨んだ。

「ずいぶんと人馴れしているな。正しく言えば、おまえさんによく懐いている」

「あ、あのう、夜四郎さま……？」

へらへらと下手くそな笑顔を貼り付けるが、夜四郎は誤魔化されてはくれない。目を細めるようにして、たまの手元をじっと睨む。

「互いに隠し事は仕方がないとして、しかし黙っているべきこととそうでないことはあるだろうよ、おたま」

「か、隠し事というのは……」

「おまえさんが飼っているのかい、その鳥は」

たまは慌てて首を横に振った。

「か、飼ってはいませんよ。このところ、志乃屋によく来る子で、時々お饅頭を上げたりはしていますけど、普段はとっても大人しくて」

「ふうん、常からつまみ食いがひどいのかい」

「そんな、から太《た》は、いつもはいい子なんです」

「いつもはいい子、この寺では悪い子。しかしよく同じ鳥だとわかるものだな」

たまは笑顔を貼り付けたまま固まった。

夜四郎は視えにくい分、勘が鋭い。たまは視えているだけで、勘は大分鈍い。

「そのう、目印があって。飛び跳ねた羽根が三束……」

言ってから、今日は小綺麗な姿の烏に気がついてしかめ面をする。普段志乃屋に来るときは大抵三束ばかり羽根が飛び出ているのだが、今日は水浴びでもしたのか綺麗な影である。

「へえ？　特に特徴らしい特徴はないのに、それとわかるのは長く飼っているからか……あるいはこの烏はただの鳥ではないからかな」

たまの肩がぎくりと揺れた。

この烏——たまが呼ぶには「から太」は、確かにただの鳥ではなかった。

たまが正確にほかの鳥と見分けられるモノ、夜四郎が血眼になって探している側のモノだ。影絵のような烏と、普通の烏の姿が重なって、揺らめいてたまには視えている。

要するに——

「あやかしだな」

「あう」

たまは両手で顔を覆って、夜四郎は長くため息をついた。

「……おたま、そんなんでよくもまあ、これまで隠し通せたな……。目のこと、店の人にも言っていないのかい」

たまは視線を逸らせて、小さく頷いた。

おかみさんやだんなさんはいい人だが、この目のことは無暗に人に言うものでないと、父から何度も言われていた。怖い話をすることは在っても、視える視えないの話になることはなく、特に言う必要もなかったのだ。

第一、あやかしごとに深くかかわるようになったのは、夜四郎に出会ってからなのである。それまでは平和に、時折視える怖いものを見て見ぬふりをすればよかったのだ。

「おたま、おまえさんはもう少し嘘が上手にならないといかんなあ……。俺の飯を盗んだ鳥はおまえさんのお得意様だったというわけか」

呆れるような夜四郎の視線が烏のから太に投げられる。ガア、と応戦しかけたから太をぎゅっと抱いて、たまは大慌てで頭を振った。

「お待ちくださいませ、夜四郎さま！　よ、よいあやかしなのです、から太は！」

言ってはみたが、正直なところどうなのかはわからない。ただ、たま相手には悪戯をしたことはない。なぜか夜四郎のことは嫌っていそうな素振りではあるが、これまで人を襲うようなこともない。

最初に目の前に下りてきた時こそ、たまも警戒した。したのだが、たまの周りを健気に跳ねて、大人しくご飯をつつく愛らしさにすっかり警戒心を解かれていたのである。

「おまえは可愛ければいいのかよ」

「うう……」

「善いも悪いも可愛いか否かで決めるのか？」

じとりと見られて、たまはぐうの音も出なかった。己が流されやすい自覚は、たまとて持ち合わせている。

精一杯頭を捻っても、あやかしを斬るために動いているこの男を説得する材料はない。彼に見つけたあやかしを黙っていた後ろめたさも相まって、たまは複雑な表情になっていた。

「うう、でも本当にから太は、いい子で、たまのお友達で……」

から太もガアガアと抗議の如く鳴く。夜四郎は一人と一羽を交互に見てから、呆れ声で言った。

「……まったく、子供がそんな顔をするなよ。心配しなくても、こいつは斬らんよ。少なくとも今のうちはな」

夜四郎の言葉に、たまは顔を跳ね上げた。常であれば子供扱いには口を尖らせるのだが、今回ばかりは笑顔を咲かせる。

「本当です？　ご飯をとったのに」

「飯の件は許しちゃいねえがな。まあ、今のところ、おたまに害はなさそうだ。それどころか、守っているつもりなんだろうよ、この俺からさ」

たまは驚いてから太を見やる。

あなた、私を守っているの――口に出さない問いかけに応えるはずもなく、から太は素知らぬ顔でたまの腕から逃げ出して、境内を呑気に跳ね出した。

「おたまの気持ちもわかっているつもりだよ。おまえさんは助けたいのだろう、善いあやかしをさ。無暗に斬りたくないっていうのも、わかっている」

たまは傍らの男を見上げて、やはり情けない顔になってしまった。

――夜四郎さまだって、身体を取り戻さないといけないのに。

正直なところ、たまが夜四郎について知っていることは少ないのだが、それでも彼の目的が嘘だとは思っていない。

「たまばっかり勝手を言ってしまいました」

「いいさ、お互いに信念はあるものだ。俺も酔狂でやっているわけじゃあないからな、考えなしに斬ったりはしない。同時に時間がないというのも確かだ。だから、あやかしごとはどんな些細なことでも、聞かせてほしい。おまえさんの気持ちも隠さずに聞かせてくれりゃあ悪いようにはしないさ」

「遠回りをさせてしまって、すみませぬ」

「急がば回れとも言うだろう。遠回りも嫌いじゃない。最終的に帳尻が合えばいいのさ」

優しい声に、たまは小さく頷いた。ろくろくびの時も、夜四郎は出会ったばかりのたまの希望に寄り添ってくれたではないか。

だからこそ、たまは夜四郎を信頼している。役に立ちたいとも思う。

夜四郎がぐっと伸びをして、立ち上がるのに合わせて、たまも立ち上がった。

「とっとのっぺらぼうについて調べに行くとしようぜ」

「あい！　太兵衛さんのところへ行きましょう」

支度を済ませて、たまは長屋までの近道を頭に描きながら揃って歩き出した。

「あ」

寺を出かけたところで、夜四郎が足を止めた。うっかりだ、と軽く額を叩く。

「忘れものをした。先に歩いていてくれ。すぐに追いつくよ」

たまは素直に頷いて、とことこと歩みを再開した。疑う素振りもなかった。

夜四郎は小さな背中を見送ると、足早に境内の方へと戻る。もとより荷物の少ない夜四郎に、取りに戻る荷などない。

用があるのはあの烏にだ。

から太は境内でも一番背の高い木の上で町の方を眺めていた。

「おい」

声をかければ、烏は無感情に夜四郎を見下ろした。攻撃するつもりはないらしく、下りてくる素振りもない。視線もすぐに元の町の方——たまのいる方向に戻った。

——あの娘、警戒心というものがとんと抜け落ちているからなあ。

夜四郎が刀に手をかけたところで、ようやく烏は下りてきた。なんの用だと目が問うている。夜四郎は念を押しに来ただけだ、と呟いた。

「おまえ、言葉はわかるな」

烏がはっきりと頷いた。

「たまの手前、見逃しただけだ。多少のことには目を瞑るが、邪魔だけはしてくれるなよ。あの娘にとり憑く素振りでも見せたら、その場でたたっ斬る」

「ガアア」

烏はうるさい、とでも言いたげにひと鳴きして、夜四郎の脛目掛けてぶつかってくる。それを避けながら、刀に掛けた手を下げた。

夜四郎は大きくため息を吐いてから背を向けた。から太は大人しい、確かにその通り。たまの前でも、夜四郎の前でもあやかしらしい動きは見せない。

——半死半生の侍に、化け烏、妙なものに目を付けられる……

あやかしごとに事欠かない娘だ。きっと、本人の気づかぬところでも縁が生まれているに違いないと夜四郎は踏んでいた。

——そう遠回りでもないいさ。

内心でほくそ笑むと、大股でたまの後を追った。

弐

ところ変わって、太兵衛の住む長屋に二人は着いていた。障子に書かれた「たへえ」の文字からも間違いはなさそうだ。

ところがどっこい、中に人の気配はないのである。

「あれれ、今日はお暇だと聞いていたのに……」

たまは拍子抜けして、とぼけた声を上げてしまった。

「留守のようだな」

「ここにいるはずなのですが……」

急用だろうか。よもやのっぺらぼうの絡みで何か、とも考えたが本人がいないのでは確認しようもない。

たまはころころ、くるくる、表情を変える。

「むう、太兵衛さぁん……」

これは出直しだろうか。誰かに言伝《ことづ》てを頼むか、急ぎのような話だったけれども日を改めるべきなのか――

たまの情けない呟き声は、丁度井戸場に出かけていた近くの部屋の女が拾ってくれた。彼女はたまを見て微笑んだ。

「おやまあ、志乃屋さんのところの。こんなところで何しているんだい？　太兵衛のやつに何か届け物？」

たまは慌ててお辞儀を返した。たまの後ろで夜四郎も会釈はしたが、すっと息を押し殺すのを感じた。彼は黙って、静かに、陰に入る。

それを横目で見つつ、たまは女に視線を戻した。

「そういうわけではないのですが……。太兵衛さんはお出かけでしょうか？」

「ああ、太兵衛ならついさっき出かけたけどねえ。あの人にしちゃあ大慌てで出かけてったよ」

「あう」

間が悪い、とたまは肩を落とした。

「太兵衛さんはどちらへ行かれたのでしょう」

「そりゃ、絵草子屋だよ。あんなぐうたらでも立派な絵師先生のお弟子さんだからねえ。なんでも兄弟子に呼ばれただのなんだの言って、お店《たな》にすっ飛んでいった。あの様子じゃあ、しばらくかかるんじゃあないかな」

けらけらと笑いながら、「急用かい」と聞くので、たまは曖昧に頷いた。急用と言えばそうなるし、しかし何もかも差し置いて……というほどでもない。

早い方がいいに越したことはないのは確かであるが。

「そンなら会いに行っておやりよ。あいつも喜ぶだろうしさ、最近元気がないみたいだから、あたしからも一つ頼んだよ。店の場所はわかる？」

「いえ、まったく！」

たまは勢いよく首を横に振った。

太兵衛は志乃屋の常連ではあるが、たまから太兵衛を訪ねたことはないのである。近くの絵草子屋はいくつか思い浮かぶが、そもそも太兵衛がいる店がこの町なのか、よその町なのかもわからないのだ。

女はどこからか木の枝を拾い上げて、地面に絵を描き始めた。親切なことに地図らしい。バツ印がこの長屋で、丸印が店、という形で簡単に行き方を教えてくれた。

通りに出て右に曲がって、次の小通りを曲がって、また曲がって、そのまま通りに沿って真っ直ぐだ。

「ほら、ご近所さ。簡単だろ？」

たまはぴょん、と跳ねるように勢いをつけて礼を一つ。

「ありがとうございます」

「あはは、気持ちがいい子だねえ。太兵衛も隅に置けないじゃないの、こんな子に探されていちゃア幸せもんだよ」

「えっ」

「いいのいいの、そンなの聞くのは野暮だろ。でも気をつけるんだよ。最近また物騒な話を聞くようになったもの、帰りは志乃屋さんまで太兵衛に送ってもらわなきゃね」

たまは目を白黒させながらも、まあいいか、とお辞儀をもう一つ。

「あい、行ってまいります」

さっさと歩き出そうとしたたまの肩を、軽く夜四郎が小突いた。見上げれば、目が合う。

ついでに太兵衛殿の騒動について聞いてみてくれないか——と、静かに頼んでくる。

たまは足を止め、改めて女に向き合った。

「あのう、そういえば、太兵衛さんからおかしな話を聞いたのです。幽霊掛け軸じゃないのですけど、なんだか、顔のない侍の絵と言いますか、とにかく何かここ数日で騒ぎがあったとかなんとか……ご存じです？」

「ああ、あの騒ぎでしょ、覚えているよう」

たまが尋ねると、すぐに女は答えた。

「だってさあ、夜中の九ツ半ごろだったかなア、こっちは気持ちようく寝てンのにさ、ひどく情けない悲鳴で叩き起こされたのなんのって！　しかも聞いてみれば寝ぼけたことばかりで、もう堪らないよ。……物盗りじゃないかって？　ないない、盗むようなモンなんて、太兵衛さんのところにあるもんか」

木戸番にも聞いてごらん、と女はからから笑った。やはり誰一人、そのあやかしを視ていないのだ。

たまは夜四郎に視線を送ってから、そういえば、と首を傾げた。先ほど女は気になることを言っていた。

「このところ物騒な噂があるのですか？」

「ああ、夜道で怪しいやつに襲われた人がいるとかなんとかさ。だけど変な話だよねえ、物盗りでもなけりゃ、殺しもしないらしいじゃないか。まあ酔っ払いの言うことだ、真に受けないで話半分に聞いておくのが一番さ。この間の太兵衛さんの大騒ぎだって、近くに住んでいる岡っ引きの兄さんが念のため検《あらた》めてくれたんだ。案の定、怪しいやつもいなけりゃ何も盗られてもいないっていうんだからねえ」

なるほど、とたまは頷いた。太兵衛から聞いた話と照らし合わせても、内容は特に変わらない。

まだ大した騒ぎにはなっていないようだった。太兵衛はやや物事を大袈裟に言うきらいがあるから、太兵衛だけが大騒ぎをしている可能性だってある。もう少し慎重に話を集めなくてはならない。

改めてぐるりと周囲を見渡したものの、たまの目に映るのは平和な長屋の日常だけであった。

少しだけほっとしながら、もう一度女に礼を言ってその場を後にした。騒ぎになっていないのならばそれが一番なのだ。

教えてもらった通りに、今度は絵草子屋を目指して歩き出す。それにしても、とたまは呟いた。

「太兵衛さんの見間違いなのでしょうか」

「さあてなあ。しかし、太兵衛はなぜ兄弟子に呼ばれたんだろうな」

「のっぺらぼうの件でしょうか」

「そうあってほしいところだが……すべて太兵衛の法螺話《ほらばなし》ということもある」

「むむ、それはそうですね」

たまは腕を組んで頷いた。

太兵衛から相談を受けたのが今朝のこと。

昨日まで志乃屋の方でも物騒な噂はいくつか耳にすることはあれど、のっぺらぼうが云々といった噂を聞いた覚えはない。志乃屋は通りに面しているだけあって、色々な話が行き交う。お客の中には怪談話を聞いて、それから傍迷惑なことに人に聞かせることが好きな人が山ほどいるのだ。

太兵衛以外からのっぺらぼうの話を聞いていないのは、単に噂が出回る前だからか、太兵衛の思い込みだからか。

「太兵衛さん、いらっしゃればいいのだけど」

「まア、俺としては太兵衛に会えなくても兄弟子の方には会っておきたいところだなア。のっぺらぼうを探すのに役立つだろう」

兄弟子という言葉で、そういえば、とたまは思い出す。

「太兵衛さんの兄弟子さま、とても高名な方なのだそうですよ」

しかし、夜四郎はすでに知っていたようである。「そうだな」と事もなげに言うからたまは驚いて、「ご存じなのですか」と傍らの男を見上げた。

「これから行く絵草子屋は美人画で人気の田中先生のところだろう。流行ったからな、疎い俺でも知っているさ。そこの一番弟子となりゃあ、佐伯《さえき》美成を置いてほかにはいるまい。小洒落ているという点では、確かに目立つお人ではあるからな」

「エッ、たまだけが知らぬと……仰るのですか……」

「そういうことだ」

「た、たまだって太兵衛さんから少しは聞いていますもん……」

たまはむうと考える素振り。

そうは言っても、太兵衛から聞いた話はほとんどぼやきのようなものばかりだった。

美成は呉服問屋の三男坊で、背丈もあって、皆から絵の才能を認められた才人。ただ一つ持たぬは優しい心ばかり——と太兵衛は言う。彼曰く、絵のべらぼうに上手な、気難しくて無表情で鉄面皮な、七つ年上の人だということだ。

十の頃から師匠の下で絵を学び、ここ数年で華々しく名を上げて、今や人気絵師の一人だとかなんとか……

名を上げてから、その気難しさは一層ひどくなったと太兵衛はよく嘆いていた。

下手な褒め言葉では機嫌を損ねるというのに、周りの人はみんな軽率に兄弟子を褒める、それに対してまた兄弟子は気に食わないとばかりにへそを曲げる——そんな具合だ。

その度においらが叱られるんで参っているよ、とは太兵衛談。

「……よく怒るおっかない人だと聞きました」

「あはは、ソリャ、太兵衛殿が知らず知らずのうちに何か悪さをしてンじゃねえのかなア」

眉間に皺を寄せたたまの言葉に、夜四郎は冗談めかして笑った。

「そうさな、確かに愛嬌を振りまくような御仁ではないと思うが、そんなに偏屈な方でもないだろうよ」

彼は記憶を探るように、ゆっくりとそう言った。

「夜四郎さまはお会いしたことがあるのです？」

「いンや、俺も話で聞いただけさ」

夜四郎が知っているのは、佐伯の天才三兄弟の話だ。

一番上は商才豊かで、二番目は剣才・学問に秀で、末の美成は画才豊かで、三者三様、異なる方面に芽を出し花開いた天才兄弟と、もっぱらの評判なのだ。

兄弟仲も悪くはないらしいのだが、ただ、三男である美成は家族の集まりを嫌がって、あまり家に寄り付かない。それでも、しょっちゅう上の兄二人の方が絵草紙屋に足を向けるのだそうだ。

売れ出してからなおのこと深まった美成の無愛想は、家族に対しても変わらないという。会えば話すが、それまでらしい。

「だからと言って不遜な態度をいたずらにとって、誰かと揉めただのという話は聞かない。俺が聞いたことがあるのは次男坊の話ばかりだが、そのついでに弟のことも小耳に挟んでいたからな。これを機に一目会ってみたい」

「むう、でも、本当に怖いお方でしたらどうしましょう」

「為人《ひととなり》は会って自分の目で判ずるものだからな。こういう時ばっかりは人の評価や噂話ほど役に立たないよ」

「そういうものなのですか？」

「そういうものだ」

夜四郎は噛み締めるように頷いた。

佐伯美成は三兄弟の末っ子で、太兵衛も兄弟がいて、とたまはふんわり考える。

たまは一人っ子だ。世話になっている志乃屋の夫婦にも子供はなく、あまり兄弟姉妹という感覚に馴染みがない。

強いて言えば、今は夜四郎が兄のようではあるのだが、それはそれである。

近所の小さな子供たちと遊びはするし、面倒も見るのでそう言った感覚はほんのりとはわかるにしても、実の兄、実の弟、あるいは実の姉妹というのには憧れに近い感情があった。

「夜四郎さま、ご兄弟はいらっしゃるのですか？」

「おたまという妹分のことかな」

夜四郎が片眉を上げて、おどけたように笑いかけてくる。

「たまも夜四郎さまが実のお兄ちゃんなら、きっと素敵だろうなとは思うのです。優しくて強くって。それでなんとなく、夜四郎さまには弟か妹がいたのかしらって……」

たまは無邪気に笑い返すのだが、夜四郎は肩をすくめただけだった。

夜四郎はしばらく何も喋らないまま歩いていた。口元は微笑みの形を保っていて、視線もまっすぐに前を見据えている。笑っている、しかしすっと色を消した表情だった。

——聞いてはいけないことだったのかも。

慌てて別の話題を探るが、うまく出てこない。

「ご無理には……」

視線を彷徨《さまよ》わせながら、どうにか付け加えた。夜四郎の視線がたまに戻って来て、普段通りの温度に、たまはほっと胸を撫で下ろした。

「別に隠すことでもないさ。うん、弟が一人いる」

しかし、落ちてきたのは、とても寂しそうな声だった。

たまはその感情の色を完全には読み取れなかった。

寂しいのか、悲しいのか、辛いのか、はたまた他の何かであるか。

夜四郎は心配することはない、とたまの額をつついた。また、眉間に皺が寄っていたらしい。

「俺たち二人だけで言えば、仲はいい。俺なんかを慕ってくれる、俺には過ぎた弟だ。俺のほうが兄貴として力不足だった」

取り繕うでもなく、ひどく柔らかく、優しい言い方だった。懐かしむように目を細めて、通りを見つめている。

「無鉄砲でやんちゃで、気の優しい、大のお人よしでさ、しょっちゅう色々なことに首を突っ込みたがる子だったよ。今ではすっかり落ち着いたように見せているがな……」

「お優しい方なのですね」

「ああ。おたまと似ているところがあるからな、会ってみりゃ、気が合うかもな」

夜四郎は冗談めかして笑う。

「でも、そのお話だと夜四郎さまと似ていらっしゃるような……」

「まさかよ。まるで似てない兄弟だって話題だったんだぜ。何をするにしてもまるで正反対だからさ、二人してよく笑っていたよ」

「お二人とも、お互いを大切にし合っているのですね」

「……そうだな」

そうあればいいと呟く夜四郎は、気がつけば少しだけ歩幅が大きくなっていて、その表情はたまからは見えなかった。

それでも、距離が開きすぎないようにはしてくれているらしい。彼はゆったりと、少しだけ前を歩いている。

「何のことはない、俺もこう見えて結構な寂しがり屋なモンでね。こんな身体になって以来あいつと会えていないんだ。賑やかな毎日だったからさ、こうも穏やかで……知っているやつと誰とも会わない毎日となると寂しいもんだ」

そこまで言われて、たまは気がついた。

夜四郎はなぜ、あんな破れ寺《でら》に居座っているのだろうと、考えたことがある。あやかしを探すにも、家を拠点にした方が、たまよりも頼れる人はいるはずなのに。

「……あの、もしや、お家の方々は、夜四郎さまが視えないのです?」

「視えない」

夜四郎は言い切った。

「不思議だよなア、他の奴らならできて、あの家だと誰も俺を視ることができないんだ。俺の声も届かないし、離れてしまえば段々と帰り道もわからなくなってきやがる。……だから、おたま。俺は早く身体を取り戻したいのさ」

「夜四郎さま……」

「そら、おたま。まぁた皺が刻まれたぞ。人に寄り添おうとする心は好ましいけどな、あまり人のことを気にしすぎても良くない。この身になっていいことも多少はあるしな、そう悲観するようなことばかりでもないんだ。――それ、兄さまが皺を伸ばしてやろうか」

少しだけ戯けて見せた夜四郎は普段通りの顔色だった。おでこを守りながら、たまはこっそり観察する。

たまの知らない夜四郎はまだまだたくさんいる。そもそもたまも、自分のことはほとんど話していないのだ。仕方あるまい。

――いつか、なんでもお話しできたらいいな。

せっかく仲良しになれたのだ。夜四郎がどう思っていたとしても、たまにとってはそうなのだ。互いに気の置けない、それこそ兄妹のように話せたらと願わずにはいられない。

ふと、目の前の夜四郎が立ち止まる。たまはその背中にぶつかって足を止めた。

「へぶっ」

「あ、すまん」

「大丈夫ですけど、一体……」

たまは道の先をじっと見て、夜四郎が止まったわけを聞く前に理解した。

道の先で、読売の男が声高らかにこんなことを言っていたのである。

「さあさ、そこ行く兄さん、姉さん、ちょいと止まってくれな！　損はさせねェ、大事件！　隣の町で化け物騒動、辻のあやかしの再来か？　これに備えるンなら事件を知らなきゃ話にならン！　風より早い情報が売り、風来堂《ふうらいどう》の瓦版を買っとくれ！」

読売の男は手に持つそれをこれ見よがしに掲げて煽るや煽る。たまと夜四郎は顔を見合わせた。

「夜四郎さま、化け物騒動です！」

「隣町か」

「の、のっぺらぼうでしょうか？」

「さてな……人も集まっているし一つ読んでみるか。おたま、買ってきてくれるかい」

「あい、お任せくださいませ」

たまは夜四郎から四文銭を受け取ると、一枚買って戻ってくる。二人して顔を突き合わせて読むことには――

「闇夜に踊る、顔なき怪？」

曰く、隣町に辻斬り紛いの行為を働く正体不明の男が現れたのだという。

目撃した人によれば、顔は紙を貼り付けたようにまっさらで、何もない。身体は枯れ木のようでもあって、それでいて大柄にも見える摩訶不思議。掠く絞り出す声は男のように低いという証言もあれば、女のように甲高いという証言もある。

数人の人がそれぞれ別々に訴え出ており、

『口もないのに人を丸呑みしたのを見た』

『顔が欲しいと言って辻斬りに及んでいた』

『自分はなんとか逃げ切ったが、突然声もかけられずに襲われた』
と口々に主張する。しかし明確な証拠などはどこにもない。
呑まれたという噂の人はいるが、行方不明になった者も戻ってきてはいる。ただし、
皆一様にして何かを失っている。胡乱な病の流行か、辻のあやかし、闇夜に消える無《む》
貌《ぼう》の輩は一体何者か――そう言った具合で文は締められていた。
たまはあんぐりと口を開けた。
「夜四郎さま！　これは太兵衛さんの」
「法螺話《ほらばなし》でなくてよかったよ。いよいよ騒ぎになってきたか」
夜四郎は楽しそうに呟くが、たまは気が気でない。丸呑みして、何かを奪っていく
あやかしなのだ。どのように対峙するのであっても、早く見つけるに限る。隣町に
ずっと居座っているのか、転々と移動しているのか。
「行きましょう、夜四郎さま！　早く太兵衛さんにお話を聞いて、見つけ出さねばな
りませぬ」
「おう」
小走りのたまに、大股で夜四郎が続く。絵草子屋は目と鼻の先だ。
ただ、物事はいつもうまく運ぶものでもない。

結論から言うと、絵草紙屋に太兵衛はいなかった。正確には、確かに来たことには来たらしいのだが、また別の遣いで外に出ているとか。

店の人から話を聞くなり、たまは夜四郎を見上げた。

「間が悪かったみたいです……」

「話は急いだ方が良かろうが、本人がいないんじゃあな。どうしようもない」

「言伝《ことづ》てを残して戻ります？」

「いや」

地道に探すのも、と言いかけたたまの言葉に頭を振ると、夜四郎はぐるりと店先の絵に視線をやった。小僧は忙しそうに動いているものの、異様な喧噪などは見受けられない。そっと声を落とす。

「見たところ、さっきの騒ぎはまだ伝わってないみたいだ。下手な言伝《ことづ》てを残して、太兵衛殿や店が騒ぎになっても困る。冷静な状態で話をしたい人もいることだし、もう少しだけ待ってみようか」

「なるほど」

「まア、せっかくだし、少しだけ絵を見て行こうぜ。その間に策を練ろう」

ついでに一枚くらいなにか買ってやろうか、と言う夜四郎を、たまはきょとんと見上げる。破れ寺《やでら》暮らしの風来坊にそんな余裕があるとは思えないのだが。

「蒲焼きだなんだで豪遊するでもなし」

「そうなのです？」

「おう。そうだな、団扇とかどうだい。まァ饅頭の礼だと思ってくれや」

「むむ、そう言うことでしたら……」

急いては事を仕損じるとも言うだろう、ということで、二人は並べられた絵を興味深く眺めることにした。

夜四郎はもっぱら美人画や風景画を、たまは団扇絵を眺めるついでに怖いもの見たさで化物草紙なんかを除いて、ちょっぴり後悔して。そうやってしばらく過ごしていた。

たまはそんな中、一枚の錦絵に目を止めた。

新作と掲げられたそれは、見事な風景画だった。広く暗い色の空には赤黄の花火が一つ二つ咲き誇り、対してその下では賑やかな祭りの様子が鮮やかに描かれる——人々の騒ぎまで聞こえてきそうな楽しい一枚。

「素敵な絵ですねえ」

「ふむ。確かに見事だな。お、たまよ、こいつを描いたのは……」

「ちょいと」

夜四郎がその画号を読み上げようとしたところ、声をかけてきた人がいた。声の高さからして太兵衛ではない。

「あんたら、長いことそうやっているけどさ、店になんの用なのさ。いつまでもそこを塞がれちゃ困るんだけど」

そうら来た、と夜四郎が嬉しそうに呟く。何のことかはわからぬたまはおろおろと男に視線を戻した。垂れ目がちで、夜四郎と視線の高さも近い。着流し姿も粋な色の白い男が綺麗な姿勢で立っている。

言うところによれば、ちょうど出先から戻ったところに、不審な客を見つけて観察していたのだと。

「小さい娘一人がぶつぶつぶつぶつ、やたら目立つ独り言かと思って見てみりゃ、でっかいお侍の兄さんとの妙ちくりんな取り合わせときた。そンでもって二人揃って買い物をするでもなく、延々と時間潰ししているみたいでさ――用がないなら場所を空けてくれないかい。そう売り場を塞がれちゃあさ、こっちも商売にならないよ」

「す、すみませぬ」

たまは慌てて頭を下げるが、男はなおのこと腕を組んだまま次の文句を口にしかけた――ところ。

すかさず、夜四郎が口を挟んだ。

「失礼、太兵衛殿のことはご存知でしょうか。妹と私は太兵衛殿を探しに来ておりまして」

「太兵衛かい？」

そこで、虚を突かれたように一瞬だけ男の雰囲気が緩んだ。

「へえ、あいつの客なんて珍しい。妹さんはまだ小さいけどあいつの好《い》い人とか？」

「ち、違います！　ええっと、太兵衛さんに、その、絵について聞きたいことがあるのです！」

「ふぅん、そう」

男はちらと夜四郎の方にも目を向けた。

「私《あたし》は太兵衛の知り合いはそれなりに知っているけどね、あんたらは見ない顔だよねぇ。あんたら、一体何処から来たんだい」

「あっ、志乃屋から来ました、たまと申します。……こちらはたまの、兄です」

「ご挨拶が遅れました。たまの兄の夜四郎です」

男は二人の自己紹介にああ、と一つ頷いた。

「志乃屋さんか。確かに太兵衛の部屋から近かったねぇ。うちの連中があんたのところの饅頭やら団子やらが好物でさ、よく食べるが、悪くない味だった」

「わあ、本当ですか」

たまは顔を輝かせた。

「たまも好きなんです。気に入っていただけてとても嬉しいです！」

飛び跳ねるたまを、男はにこりともせず見る。

男の態度は終始硬いものだったが、二人を邪険に追い払うつもりはないらしい。

「……まあ、太兵衛の客って言うんなら、少しだけなら中で待ったらどうだい。そんな場所に立たれても邪魔だしさ。中も片づいちゃないが、茶の一杯くらいなら出せるよ」

それから男は店番をしていた少年の方を向く。

「太兵衛のやつが戻って来たら、志乃屋からおたまさんと夜四郎さんが訪ねてきてるって伝えな」

それだけ言うと、さっさと店の方へと入って行ってしまった。

この男、中々自由にできる立場らしい。たまと夜四郎も慌てて後に続いた。


中に入ると、独特のにおいが鼻先をくすぐった。軋む廊下を通り過ぎながら「あんたら、余計な場所を触らないでおくれよ」と男は言って、振り返りもせずさっさと先を歩いていく。少しだけ空いた距離を確認して、たまはそっと夜四郎に囁いた。

「夜四郎さまにすぐに気がつかれましたね」

たまとしては意外なことだった。それくらい、彼は異常に影が薄い。じっと見ていたとしても、背後にいたとしてもうっかり見落としてしまいそうなくらいには薄い。

夜四郎としては、気がつかれなければそれはそれ、聞き込みをたまに任せて店内を好き勝手に見学させてもらう心算であったのだが、男はまっすぐに夜四郎を見ていた。

「まあ、敏感な方なのだろうよ」

夜四郎はふむ、と腕を組んでその背中を見る。


通されたのは、小さな部屋だった。客が来た時に使う部屋らしく、それなりに片付いている。座るなり、男は夜四郎を見た。

「……それで、太兵衛の客ってことはわかったけどさ、妙ちくりんな客だよねえ。あんたら、本当に兄妹なのかい。似てもいなけりゃ、なんだって兄さんの方だけお武家なのさ」

「色々とあるのですよ。あまり深く探らぬほうが互いのためかと存じますが」

夜四郎は静かに答えた。たまは目を白黒させるばかり。どうにか口角を持ち上げて笑顔のまま黙っていることにした。

「ふうん？　言いたくないのなら構わないよ。私《あたし》も命は惜しいからねえ……でも、やっぱり変だよ、あんた。一介の絵師相手にそう遜《へりくだ》らなくたっていいじゃないか」

「私は元々こういった性分なもので……お構いなく」

「ま、これ以上は何も言わないけどさ。……要するに、太兵衛の客は訳あり兄妹ってわけかい？　おたまさん」

水を向けられて、おたまは大慌てで頷いた。

「ええ。とても訳ありなのです」

きりりと真面目な顔を作る。低く笑う声がして、むっと見れば、やはり夜四郎が笑っていた。その様子を見て、男はつまらなそうに息を吐いた。

「いいんじゃないかい。珍しい客人が来たかと思えば、珍しい兄妹ときたもんだ。夜四郎さん、深掘りするなとは言っても、好奇心が疼くもんだろ」

ちっとも面白さを感じていなそうな口ぶりである。どこまでが本心なのか読めない男だった。第一、彼は名乗りもしないのだ。

遅れて運ばれてきた茶で、三人は口を湿らせる。

店の中はばたばたと人の動く気配はあるものの、誰かが戻ってきたような気配はない。男は特に立ち去る様子もなく、のんびりと二人の前で湯呑みを傾けていた。一度会話が止まるとまた静けさが戻って来てしまう。

夜四郎も男も悠々と湯飲みを傾けているばかりとなれば、たまは何を話題にすればいいか悩んでしまって、結局会話は生まれない。警戒されているなとは、たまにもわかる。

何気なく男の様子を眺めていると、ばちりとたまと男の目が合った。

「なんだい、じろじろと」

「す、すみませぬ」

「……別に怒ってないじゃないか。そう萎縮しないでくれよ。私《あたし》の方もあんたらにあれやこれやと聞いているからね、相手が気になるのはおあいこさ」

男に「言いたいことを言いなよ」と促されて、たまは正直に伝えた。

「あの、太兵衛さんと仲がいいんだなと思いまして」

男は虚を突かれたかのようにたまを見る。

「仲がいい？　あんた、確か？」

「え、ええ。だって、ヘンテコな客が訪ねてきた太兵衛さんのことを、心配されているんだろうなあと……」

たまだって、警戒する気持ちはよくわかった。

まず、兄妹設定の意味がわからない。さらに（長屋の人曰く）最近元気のない太兵衛に覚えのない客が来たというのも疑いたくなる。しかも、用件はなかなか切り出さないときたものだ。

だからだろう、男はずっとたまと夜四郎を警戒し、一挙手一投足を観察している。

たまはそれを、太兵衛への心配ゆえと見たのだが、

「……へえ、あんたにはそう見えたんだ？」

意外そうに男は目を瞬かせた。

「まあね、同じ師匠に習っているんだし。心配の一つや二つ、するものだろ。……しかし自分でヘンテコなって、ねえ」

自覚があるのかい、と男は少しだけ声に愉快そうな響きを含ませた。

張っていた空気が僅かに緩む。

「ヘンテコなおたまさん。太兵衛のやつに絵の何を訊ねにきたのか、聞かせてくれるかい。ソリャ気になるさあ」

たまはウッと言葉に詰まる。流石に、のっぺらぼう云々とは初手で切り出す訳にもいかない。太兵衛からは騒ぎになる前にどうにかしてくれと頼まれているのだ。

「太兵衛殿が描いた絵についてですよ。なあ、おたま」

代わりに答えた夜四郎の言葉に、たまは首がもげそうなほどに頷いてみせた。

「え、ええ！　そうなのです。た、たまは太兵衛さんが最近面白い絵を描いたと聞きまして！　……えっと、お侍の絵なのですが」

男は顎に手を当てて、首を捻る。

「どいつのことかな。侍……ってことは兄さんの絵か。特に覚えはないね」

「ああ、いえ、そういうわけではありませんよ」

夜四郎は微笑した。

「実のところ、私は太兵衛殿とはお会いしたことがないのです。常から妹の方が世話になっていましてね、それで太兵衛殿の絵の話をよく聞いています」

「へえ?」

「妹とも馴染みのある方ですし、せっかくなので兄妹二人の姿絵でも頼んでみようかという気になったのですよ」

「ふうん、そう。でも、あんたらのお目当ての侍の絵ってのは思い浮かばないねえ。誰かからの頼みで描いたものかな」

男は別段、疑う風もなく考える素振りを見せた。

「まあいいけどさ。頼むって言うけど、あんたら、太兵衛の絵は見たことはあるのかい」

「あ、たまはあります。お店に飾る、猫と風鈴の、素敵な絵を前にいただきました」

「私はありませんな」

たまの答えに、夜四郎が続く。取ってつけたように、「太兵衛殿の絵を拝見するのも、今日ここへ来た理由というわけです」などと言う。男はうんざりしたように夜四郎を見た。

「絵も見たことがない絵師に絵を頼むなんてさ、夜四郎さんもいい加減な人だねえ」

「た、たまがお願いしたのです！　えっと、是非に太兵衛さんをと！」

「……ふうん、そういうことにしとくか。ま、店にある分ならいくらでも見ていけばいいけどさ……。ちょいと待ちな」

そう言って男は部屋の外に声をかけると、近くにいた小僧に数枚の絵を持って来させた。肉筆画に錦絵に、美人、役者に風景画、集められた絵はたまの知らないものばかりだった。

「こんな感じだよ。売り物じゃあないけどね」

手渡しながら、男は夜四郎を見つめた。夜四郎は恭しく受け取ると、手元の絵に視線を走らせる。たまも覗き込んだ。

どうにも癖はあるが、愛嬌や味があって、たまは好きな絵だ。太兵衛の人柄がよく表れていると思う。

「さて、妹さんは気に入ったようだけど、兄さんはどう思う？　ああ、斟酌《しんしゃく》は要らないから、はっきり言ってよ。そういうの、嫌いなんだ」

試すように、男は夜四郎を見据えた。

「……そうは言いましても、私は絵に関しては素人ですから……。なんとも味のあるいい絵ですよ。私には到底描けない」

「……まったく、あんたもどこまで本気なのかわからないよねえ。一朝一夕で描けりゃあ、苦労もないよ」

男は胡散臭そうに夜四郎を見て、それから絵に視線を落とした。

人に向けるよりは、随分と柔らかな視線。慈しむような目だと、たまは思った。

「では、絵師としての見解をお聞かせいただけますかな」

夜四郎が静かに尋ねる声は、楽しそうな色を孕んでいた。挑戦的な視線を、絵に向ける。

「こちらについてあなたのご感想は？　ああ、かわいい妹の頼みです、太兵衛殿への依頼の件は下げませんから、斟酌《しんしゃく》不要にて頼みますよ」

「…………厭《いや》な奴だねえ、あんたも」

男は顔をしかめた。

「人の言葉尻を捉えてさ。感じるものなんて人それぞれだろ。自分が美しいと思ったならそれでいいじゃないか。誰が何と言おうが、あんたが気に入るかどうかだろ」

「それはなによりです。私とあなたとは意見が合うようだ」

「ふん、どうだかねえ。でも事実さ、私《あたし》も太兵衛の絵は素直で気に入ってはいるとも。――当然、あいつも私《あたし》も修業中の身だよ。それにあいつは大雑把者でさあ、色々とまだ物足りなさはある。ま、こいつはあくまで意地の悪い兄弟子のぼやきだけどねえ」

──兄弟子？

たまははっとして目の前の男を見た。小洒落た兄弟子、のっぺらぼうの元絵で姿を模された、太兵衛のボヤキに出てくる、天才絵師の──

「佐伯さま？」

思わずたまが声を上げると、きゅっと男の眉間に皺が寄った。

「確かに佐伯美成だけど、その『佐伯さま』ってのはやめてくれないかい。寒気がする」

ぶるりと震える男は不機嫌さを隠そうともしない。確かに佐伯様ではあるさ、と鼻を鳴らした。恐縮したたまは口ごもる。

「え、えっと、佐伯──」

「私《あたし》は佐伯の家とはもう関係ない、ただの美成だよ。ああ嫌だねえ、私《あたし》はあんたと同じ町人なんだ、様も何にもあるものか。なんだい、ちょっと売れたからって町娘に様付けて呼ばせるなんて、偉そうじゃないか。そういうのは好きじゃないよ」

「す、すみませぬ。たま、その、まさか太兵衛さんからお聞きしていた兄弟子さんにお会いできるとは思わなかったのです。その、佐伯……美成先生が太兵衛さんの憧れの人だと聞いていて、それで、つい……」

言い訳がましくたまは言葉を並べ立てた。

「……別に、見ず知らずの娘さんに愚痴を言うことでもないけどね。私《あたし》はただの絵描きの美成さ。もうあの家とは関係ない。だからあんたに何もしてやれない。そこはは き違えないでくれ」

言い切ってから、美成は意外そうにたまを見た。

「というかさあ、あんた、まさか私《あたし》が誰だかわかっていなかったのかい」

「あ、あい」

何かおかしかっただろうか、とたまは首を傾げた。

会ったことはないはずである。役者でもなし、姿絵が出回っているわけでもあるまい。初対面で相手がどこのだれかを判ずる方が、難しいではないか——

そんなたまの様子に、美成は自嘲気味に笑んだ。

「あんた、容易く頷くねえ。はは、そうかい。私《あたし》もずいぶん己惚《うぬほ》れていたもんだ」

「え⁉ あのう、すみませぬ、なんのことだか……」

「いいや、あんたを責めたいのじゃあないのさ。こっちの話。……口ではああだこうだ、ただの絵描きだなんだと言いながら、気持ちはすっかり有名人気取りだったというわけさ。私《あたし》が誰かわからないのかなんて言って、恥ずかしいねえ」

「いいえ、実際にご高名ですよ、美成先生は。以前、桜吹雪の絵を拝見いたしまして、色遣いにすっかり魅了されました。そういえば、先日出された絵も先ほど店頭で見まして」

夜四郎は割って入るなり、つらつらと絵の感想を語り始めた。色合わせがああだの、線がこうだの、配置がどうだの。

途端に饒舌に語りだした夜四郎を、たまは驚いてまじまじと見つめてしまう。夜四郎に絵心はなく、それが絵の鑑賞にどれほど影響するかは置いておくとしてもそれほど詳しくもないようだ。

適当ばっかり、と美成もうんざりとしながら頬杖を突いた。

「買う気もないくせによく言うよ……」

「儲からないもので……なのに金ばかり飛んでいく。世知辛いですな」

「はん、志乃屋で働きゃあいいだろう。あそこは繁盛しているんだもの」

「そうもいかなくてですねえ。ああ、もしこちらで用心棒を雇いたくなったら、是非お声がけを頼みますよ」

夜四郎は人好きのする笑みを浮かべる。胡散臭、と美成は鼻を鳴らす。二人はじっと見つめあう。

野良猫同士のけんかを不意に思い出しながら、たまはおろおろと二人を見上げていた。

――もう、喧嘩をしたくて来たんじゃあないのに！

たまの視線を察してか、夜四郎は言い加えた。

「私もおたまも絵に関してはずぶの素人です。とても好ましいと思いますよ。美成先生の絵も、太兵衛殿の絵も、どちらも異なる性質ですが、ほかの誰でもないあなた方の筆で描かれた絵だ。私が美しいと感じたのなら、それがすべてです」

そうでしょう、と同意を求める視線に美成は思い切り顔をしかめた。

「あんたねえ、さっきからそういう喋り方、よくないよ」

「ははは、生憎と昔からこんなものですから、友人がいません。あなたぐらいに竹を割った様に言ってくれる方がいると助かります」

「……私《あたし》も友人なんて少ないけどさあ。本当にどうかと思うよ、夜四郎さん」

美成はしばらくつまらなそうに二人の様子を眺めていたが、そのうちくっくっと肩を揺らして笑い始めた。次第に笑い声まで漏れてきて、終いには指先で目尻を拭い始める。

これにはたまも夜四郎もぎょっとした。二人して横目で視線を交わす。

「あの……」

「あっははは、おっかしい。本当さ、ばっからしいったらないよ」

笑いながら言い捨てて、美成は再び背筋をピンと伸ばした。店に入る前から感じていた、探るような視線は幾分か変化を見せている。

「悪いね、気にしないでおくれよ。こっちの話さ。あんたらは怪しすぎるけど、警戒するのもあほらしくなるよねえ。いかにも疑ってくださいと言っているような胡乱な兄貴に、こっちは呑気で鈍い妹と来た。ヘンテコヘンテコ、あんたらがあの太兵衛の客だってのも納得だよ」

困り顔になりながらも、たまは少しだけ口を尖らせる。鈍いとはなんだと無言の抗議を視線に乗せる。

「おたまさんはすぐ顔に出る子だねえ。ま、いいさ、久々の珍客だもん、今更追い返しなんかしないし、安心をしよ」

そろそろ太兵衛のやつも帰ってくるだろうからさ――邪魔者は去るから、あとは他の人に、と立ち上がりかけた美成を、夜四郎が制止した。

彼は相変わらず、柔らかな表情を浮かべている。

「お忙しいので？」

「なんだい、あんたらが用があるのは太兵衛だろ？」

「いえいえ、せっかくだ。話をお聞かせいただきたいと思いまして」

「……例えば？」

「美成先生の身の上話など」

悪びれるでもなく、夜四郎はあっさり言う。美成は大袈裟にため息を吐いて夜四郎を睨むのだが、当の本人はさらりと受け止めて顔色一つ変えない。

「あんた、本当に不躾だよね。まあ、私《あたし》も態度についちゃあ人のことは言えやしないけどさ、もう少し妹さんを見習ったらどう」

善処します、とまったく思っていなそうな声で応じながらも、夜四郎は期待するような眼差しを向ける。美成は、長い時間は取ってやれないよと答えながらも、また居住まいを正した。

「あなたを知りたい。美成先生」

「……変な言い方をするよねえ、まったくさあ。ま、私《あたし》個人の話ってなら受けてやる。いいかい、一つ聞いたら、一つ答える。私《あたし》が聞いたらあんたらも答えるんだよ、それならいい」

たまは驚いて姿勢を崩した。

「たまもです⁉　た、たま、面白い話など……」

「なぁに自分一人だけ関係ありません、みたいな顔をしているんだい。面白いかなんて聞いちゃいないさ。お互い嘘はなし、答えたくないっていうのは認める。これでどう」

「よろしいでしょう」

たまの意見も聞かずに、勝手に夜四郎は頷いた。抗議の視線はやはり受け流される。

そうは言っても、たまとしては聞かれたくないこともないので、まあいいかと思い直した。人と話すことは生来好きな質である。

「そんじゃ、私《あたし》から。おたまさん」

「た、たまから⁉」

「そうだよ。あんた、この怪しいお兄さんのことどう思ってんの」

「それは――いい兄さまです。怪しいとはたまも思いますけど、とっても優しいのですよ」

たまは迷いなく答える。実の兄妹かと聞かれずに済んで少しだけほっとした。この答えでいいのかしら、と視線を向けると、美成は特段何の感情も見せずに腕を組んだ。

「いいよ。そんじゃ、おたまさん、聞きたいことは？」

たまはむうと唸る。

――聞きたいこと、聞きたいこと……

正直、彼の兄弟についての思い出話には興味がある。あるのだが、当の本人にいい思い出がなさそうとなれば安易に聞くこともできない。

そもそも、ここに来たのは……、とそこまで考えて、ぽんと手を打った。

「太兵衛さんの周りのことで、美成先生が気になられたことってありますか？　事件というか、絵のこととか、悩み事とか、なんでもいいのです」

「あいつが私《あたし》に素直に悩みを打ち明けるんなら、よかったよねえ。あいつ、私《あたし》相手となると下手に取り繕ってさ、だから『わからない』が答え。――次は夜四郎さんに聞こうかな」

「どうぞ。私も面白みのない話しかできませんが……ああ、先に断っておきますが、主家については答えられません」

「そんなもん興味ないよ。藪蛇藪蛇、触らぬ神に祟りなしだ。気になるのは別のこと。夜四郎さんは普段何してんのさ。あんた志乃屋にもいないんだろ」

ああ、と夜四郎は頷いて、さらりと答えた。

「私はあやかしごとをね、探しているのですよ」

「あやかし？　あんたたちますます胡乱だねえ」

夜四郎の答えに、美成は意外そうに眼を丸める。

「ただの趣味です」

「ふうん、そんじゃ、あんたはそういうものが視えたりするんだ？」

「私には難しい話ですから、なんとも」

「そんじゃ、おたまさんに質問。おたまさんはそういうものが視える人？」

たまはぎょっとして、夜四郎と美成を見た。

嘘は言わない、答えないことは大丈夫、という約束を馬鹿正直に守って、たまは目線を彷徨《さまよ》わせたまま黙りこくる。しかしこれでは「はい」と肯定しているようなものではないか……

美成はくすくすと笑っていた。

「あはは、おたまさん、あんた本当に嘘が吐けない子だよね。ま、いいんじゃない。私《あたし》も小さな頃はそういう怖いものをよく視たものさ。きっとさ、今になってみりゃあ柳の葉が揺れていたとか、風が戸を叩いていただけだったとか、そんなオチなんだけどねえ、あの頃は怖かったもの」

「なんと、美成先生もですか！」

言ってから、やはり「視えます」と答えたも同然だと気がついて両手で口を塞いだまま。夜四郎は澄まし顔、美成はまだ笑っていた。

「相棒がこんなんじゃあ、苦労するんじゃないの、夜四郎さん？」

「それは質問でしょうか？」

「……あんたがその性格なら平気そうだね。ナシナシ、そんなことは聞かないさ。それでおたまさん、私《あたし》に聞きたいことはある？」

「えっと……それじゃあ、美成先生は最近おかしなものを、視たりしましたか？」

「最近？　ううん、そいつはどうだったかな。変なもの、変なもの……おたまさんの言うようにさ、確かに考えてみりゃ、太兵衛の様子は変かもねえ。よくよく考えてみたらさ。でも、太兵衛がおかしいのはいつものことじゃないか。最近のあいつは落ち着きがないとは思うよねえ」

美成はさも思い出したというふうに付け加えた。

なるほど、とたまは頷く。のっぺらぼうの騒動のせいだろう。

とは言え、本人が焦っていて奔走しているだろうに、見つからないとは。のっぺらぼうが隣町にいるのも、いつまでかわかったものではない。

「夜四郎さん、もう一つ。あんたはなんでものらりくらりしてるじゃない。小さい頃からそうなのかい」

「そう、とは」

「そうやって人を食ったような態度かってことさ。余裕綽々、自信満々、大人しくて慇懃に見せかけてさ。私の周りには意外といない系統の人間だよ。ね、おたまさんみたいなのもでっかくなったら、あんたになっちまうの」

まさか、と夜四郎は笑って頭を振った。

「普通の子供でしたよ。暮れても明けても寝ているか、喧嘩をするか……」

たまはじっと夜四郎の顔を観察する。

絵草子屋に来る途中に感じた、悲しそうな表情はない。淡々と語っているだけだった。弟の話はする気はないらしく、ありきたりな子ども遊びの話が出てくるばかりである。それも少ないのは、何かを隠そうとしているのか。

——でも、夜四郎さまがやんちゃで喧嘩ばかりだったのは意外だわ。

少なくともたまには、彼自身は落ち着いているように見えていたのだが、昔はそうでもなかったらしい。喧嘩で相手を放り投げただの、くだらない悪戯ばかりしていただの、それらしく語る夜四郎は、どこまで本気なのかはわからない。

嘘をつかない、ということなのでよもや丸きり出鱈目なことはないのだろうが、やはりたまにはやんちゃな夜四郎が想像できなかった。

「今は流石に落ち着きましたがね。私の性格自体は、昔から大差ありませんよ」

「ふうん、そう。てっきり、元は素直な子がさ、辛酸舐めてそうなっちまったのかと思ったよ。人に嫌気が差した、とかさ。誰かに痛い目に遭わせられたとかね」

意地悪そうに言う美成に、まさか、と夜四郎は微笑みを返した。

「人の本質というものはそうそう変わるものでもないでしょう。他人が好き勝手に言っても、己でどう偽っても、そうそう変わらない。ただ——纏い取り繕うモノに引っ張られて歪んでいくこともあるでしょうが、根が変わればそれは別人です。私が夜四郎であるならば、それは幼い日からずっと変わらないということです」

美成は「どうだろうねえ、そいつは」と呟いた。

「この世に変わらないものなんてないんだもの。万物流転、人も変わるよ。あるものは鋼のように、あるものは豆腐のように、変えるために必要な時も力も違うだけだろ。ふふ、どうだい、夜四郎さん。意見の不一致だ」

「そう言われてしまえば否定はできません。……ただ、あなたも私もきっと変わらなければいいと思います。その方が、夢がある」

「ふうん、私《あたし》は変わる方に夢があると思うけどねえ。ま、あんたの考え方もいいんじゃない？　今度、機会があればさ、もうちっと話そうじゃないか」

そう言った美成と夜四郎の目が合う。夜四郎としては、不自然にならないように目線だけは合わせていたつもりだったが、美成にはお見通しだったようだ。

「……ようやく目が合ったねえ、夜四郎さん」

美成はからかうような笑みを浮かべていた。

「さて、なんのことやら」

夜四郎も微笑み返した。

「そんじゃ、あんたの番だよ。先にいくつか聞いたし、その分どうぞ」

質問をと促された夜四郎は、顎に手を添えるようにして考え込んだ。

「では、私は美成先生のご不満でもお聞きしましょうか。なんでもいいですよ、このところ腹が減ってかなわない、いやに無礼な烏が家に居座る……なんてものでも」

ややあって、ようやく口をひらいたと思ったらこれだから、たまは思わずくすりと笑った。全部自分のことである。

美成もそれを読み取って、また呆れたような顔に戻った。

「夜四郎さんはつくづく……愉快な人だよねえ……。ま、いいよ。あんたが少しは腹割ったんなら、私《あたし》も腹の内を明かさないのは卑怯ってもんだ」

よくある話だよ、と前置いて、美成は湯呑みを傾けた。す、と目が細められる。

「ま、適当なやつが多くて苛ついてはいるよねえ。人を色眼鏡で見て、勝手に期待して、勝手に落胆して、そのくせ口汚く捨て台詞を吐くような奴らがね、多いったら」

無感情な瞳と視線が絡んで、たまは少しだけ視線を泳がせた。美成はたまと夜四郎を見ている。しかし、どこか遠くを見つめているような気がした。つん、と口を尖らせている。

「初めからすごい人なんてさあ、そうそういないだろ。特に私《あたし》らみたいな市井《しせい》の者はさ、何かを必死こいて積み重ねて、その先で偉いだのすごいだのあるんだ。そうだろ、おたまさん？」

「あ、あい」

「上澄みしか見ない奴らもいるんだよ。おたまさんもさ、都合のいい時にだけ擦り寄ってくる輩には気をつけないといけないよ」

たまは慎重に頷いた。それを見て、少しだけ美成の目尻が下がる。

「絵師として成功すればするほどねえ、誰もいなかったところに人が集まるのさ。その中の一体どれだけが失敗続きだったあの日に寄り添ってくれたんだろ。甘い汁だけを吸おうという連中だもん、そのうち飽きてどこかに行くんだ。……ま、あんたには頼れるお兄様がいるんだから、余計な心配か」

からかうような視線に、夜四郎は肩をすくめた。

「ま、不満はそれかねえ。……でもまあ、そうボヤいている私《あたし》だって人を勝手に決めつけちまうんだもの。自分がそうされて嫌だったのに、結局自分自身が勝手な思い込みをしていちゃあ世話ないよねえ……」

「わかりますよ」

夜四郎が静かに重ねて、美成は小さく息を吐いた。

「……そ。まあ、昨日今日出会ったあんたらにする話じゃあない」

「もう一つよろしいですか」

「質問によるけど、なに」

「何故《なにゆえ》あなたにご友人が少ないのでしょう」

「あんたにだけは言われたくないね」

美成はふん、と鼻を鳴らした。ついとそっぽを向いた顔はどこか楽しそうで、たまはぼんやりと太兵衛の言葉を思い出す。

――怖い人って聞いたけど、親切で、余裕もある方だわ。

当然、客にすぎない夜四郎とたまに対する態度と、弟子の太兵衛に対する態度とでは違うものはあろう。最初はつんけんしていた雰囲気も、すでに丸くなっていた。

それから三人、とりとめもない世間話をしたところで、美成が人に呼ばれた。どうやら得意の客らしい。いけないいけない、と美成は立ち上がった。

「さ、お喋りは仕舞いだよ。

「お話しできてよかった。お茶も馳走になりました」

夜四郎は笑みを浮かべてから、たまに向く。

「太兵衛殿もいつ戻られるかわからない。おたま、俺たちも一度戻ろうか」

「あい」

たまとしては、夜四郎の方針に従うのみなので、素直に頷いた。あんたらも帰るのかい、と美成は笑った。

「太兵衛は隣町の版元に行かせたんだけど、どっかで道草でも食っているかもねぇ――ま、いいよ、戻ったらあんたらを訪ねるように伝えとこう」

「そのようにお願いします」

立ち上がってから、夜四郎は軽く会釈をした。たまも慌てて頭を下げる。

「ちょいと、おたまさん」

夜四郎の後に続こうとしたところで、美成に呼び止められた。彼がどこぞから持ってきたのは、辻でよく売られているような飴である。それをたまに差し出した。

「これ、おあがり。戻りがけに買ったが――ま、あんたの方がこういうのは好きだろう」

「わあ！　よろしいのです？」

たまはありがとうございます、と受け取る。安請け合いするのと同じくらいの勢いである。

「私《あたし》よりもこういったものはさ、小さい子の手にあるほうがいいだろう。あの兄さんに振り回されて、あんたも苦労しているんじゃない？」

「どちらかと言えば、たまがぶんぶんと振り回していると思いますけど……。夜四郎さんも好きで振り回されているかもしれませぬ」

「それならそれでいいのさ。くく、夜四郎さんも好きで振り回されているんだろ」

くすくすと悪戯っぽく笑う美成は、最初よりも、また、太兵衛の話に聞いたよりも、ずっと優しい雰囲気である。

――本当に、どこが気難しくて、意地悪な方なのかしら。

誤解を受けやすいのだろうか。はたまた、あえてそう見せているのか。

少なくとも、たまには太兵衛の言ったようには感じなかった。

たまはまずは太兵衛の誤解を解かねば、とこれまた勝手な使命感に燃えつつ、美成に促されるようにして部屋から出た。

「さ、とっととお帰り。あんまり引き止めちゃああんたのおっかない兄さんに怒られちまいそうだからねえ。くわばらくわばら」

廊下の先の方で、夜四郎が待っている。

参

確かに見た。

あの日、太兵衛が描いて、いらぬと投げた一枚絵。小さな絵に描かれた、きりりと尖った、鯔背《いなせ》な風采の男の絵。隅に置かれたそれを拾い上げたのは美成だった。

「あんた、こういうところだよ」

言いながら、どうしてかそれが気に入ってしまった己に気がついた。頼りのない輪郭は百戦錬磨の武士には見えないが、そういうものだと思えば味がある。

本人がいらぬと言うのなら、とついそれを持って帰ってしまった。あとからなくなったと騒いだときに返せばいいと思ったが、太兵衛が返せと言ってくることもない。

それでつい、そのままにしていた。

――こいつ、中々いいじゃないか。私《あたし》は気に入った。

その一言を言えればいいのだが、思う通りに動いてくれない太兵衛への苛立ちもあってか、どうにも言い出せないままに、ある日絵が消えた。

正確には、紙だけを残して、中に描かれていたものが消えていた――

「嘘はついてない」

あの兄妹の言うことがどこまで本当かもわからない。あやかしごとを集めているなどとは言うが、どうせ、馬鹿馬鹿しいと笑われるのが関の山だ。彼らが笑わずとも、店の人間にしてみれば、いよいよ美成がおかしくなったぞという話になるだろう。

ただ、描いた当人の太兵衛にだけは、事が起きてすぐにそれとなく言っていた。描かれた絵が抜けだしたなんて噂があるらしいよ――それを聞いた太兵衛はひどく面食らっていた。一瞬、彼の仕掛けた悪戯かとも疑ったのだが、あの様子では彼にも予想外だったのだろう。

空っぽになった紙を、美成は大切に保管していた。今は空っぽのこの紙を、掛け軸にでも仕立ててやろうかとも考えていた。歪で、不格好で、欠けたそれすらも愛おしくなっていたのだ。

美成は一人ため息をつく。どこに消えてしまったのだろうか、あの絵は……

肆

結局、太兵衛とは会えずじまいだった。とは言え、夜四郎は「収穫はあったよ」と満足そうに破《や》れ寺《でら》に戻っていった。

志乃屋の店先に瓦版を握りしめた太兵衛が転がり込んできたのは、その翌日のことである。しかし、肝心の夜四郎は来ていない。

内容に目を通して、昨日に夜四郎と読んだものと大差ないことを確認してから、たまは「夜四郎……兄さまにもお話ししたいので」と断って、昼遅くに出かける約束をした。

そうして、昼遅く。からりと晴れた空の下を歩いてたまと太兵衛は破《や》れ寺《でら》を訪れていた。

カア、と烏が鳴いて出迎えて、すっかりここに落ち着いたのね、とたまは微笑ましく見上げた。あやかし斬りの侍に、あやかし烏、面白い組み合わせだ。

夜四郎は寺に入ってくるたまと太兵衛に気がつくなり、すぐに濡縁《ぬれえん》に座布団を三枚並べた。「たまの兄のような者です」と胡乱なことを言う夜四郎に、太兵衛は特に気にする様子もなく「こりゃどーも、おいらは太兵衛です」と自己紹介をした。

三人、横並びに座って、夜四郎から切り出した。

「のっぺらぼうの件ですね」

なんでも、昨日聞いた話が更に具体的なものになっているらしい。太兵衛は眉尻を下げた。

くしゃくしゃに丸められた紙に書いてあったのは、次の通りである。

このところあちこちの町を賑わせている辻斬りは、老若男女人を選ばず襲い、なんと驚くべきことに顔がない。人を丸呑みするというが、目撃するのは大抵襲われた人だけなのだ。

悲鳴を聞いて駆けつけた定廻り同心、通りすがりの蕎麦屋、誰一人としてその化け物の姿を見ていない。ただただ怯えた被害者が転がっているばかりである。

襲われた人も大きな怪我はない。ただ、一様にして何かを落としてしまうらしい。声がガラガラに嗄れた人もいる。剣の振り方を忘れた人もいる。計算の仕方を忘れた人もいる。そして必ず、彼らは同じことを言うのだ。

「あいつには顔がなかった！」

つるりとした顔面に、小洒落た着流し。声は男のもの、女のもの、様々であった。

そんなあやかしが、この町に現れたという。

たまは跳び上がらんばかりに驚いた。

「大変じゃないですか！」

太兵衛から聞いていた通りの話だ。そして、昨日瓦版で読んだものと同じか、あるいはもっと詳細な話になっている
「うう、そうなんだよう。どうしよう。こ、これでさ、こいつを描いたのがおいらだってさ、なんかの拍子で露見してごらんよ。おいら、しょっぴかれて、引き回されて……」

ぎゃあ、と叫んだ太兵衛に、たまはまた跳び上がる。太兵衛は見るからにげっそりとしていて、確かに弱々しい。

まずは整理しましょうか、と夜四郎が言えば、涙目で太兵衛が頷いた。

「のっぺらぼうがはじめて現れたのはいつ頃です？」

「ううん、十日前かなあ、廿日《はつか》も前じゃなかったと思うよ」

「件のその絵はどこに――ああ、失礼、絵が逃げたのでしたね、それでは、描かれていた紙の方はどこにありますか。使われていた絵筆もあれば、念のため後ほど見せていただきたい」

「ううん、そいつはそのう……探せば部屋のどこかにあるかなあ……」

太兵衛はわかりやすく言葉を濁した。視線は彷徨《さまよ》い、指先は落ち着きがない。

「あれ？　太兵衛さん、そののっぺらぼうって絵から抜け出したのですよね？　てっきり抜け出すところを見ていたのかと思ったのですけど……」

たまは疑問に思って問いただす。

「のっぺらぼうの姿は見たのです？」

太兵衛は困ったように唸り声をあげる。

「見たには見たけど……」

「これはまた、含ませた物言いだ」

夜四郎は腕を組んで静かに太兵衛を見つめた。

「絵はなくしたのですね」

「その、なんだ、絵の方はさ、適当に置いていたらいつの間にかなくなってたんだよう……。そんでさ、美成さんから、絵から抜け出した幽霊の話を聞いたんだ。だから、おいらてっきり……」

「なんですって！」

たまは驚きの声を上げた。夜四郎の眼も少しばかり鋭くなる。

昨日、美成との会話には出てこなかった話だ。

太兵衛が言うには、初めてのっぺらぼうの騒動を聞いて二、三日あたりで、不意にそのような会話になったのだと言う。幽霊画の話になって、思い出したかのように美成から言ってきたらしい。

「生きている絵か。私も精進しないとねえ……」

羨ましい、と零したその声を、太兵衛は戦々恐々と聞いていた。なにせ、その絵の特徴というものが太兵衛の描いたそのままなのだ。太兵衛の手元にも絵はなく、さらにどこかの町でのっぺらぼうが現れたぞという話になり――

「寝苦しい晩があったろ、めちゃくちゃに暑くって、湿っぽくて、嫌な空気の。寝られなくって、何度も寝返りを打っていた時に、いきなり戸が開いて、おいらの部屋に男がいたんだ」

初め、美成が訪ねてきたのかと思った。しかし、それはおかしい。結構な夜遅くなのだ、昼間でさえめったに来ない男が、夜に約束もなく訪れるとは思えない。時折やって来るときも、彼は必ず約束をとってからやって来る。

それでは誰だと目を凝らす。月にかかっていた黒い雲がさあっと晴れて、光が差し込んだ。

顔は見えない。それなのに、見覚えがある。その服に、姿形に覚えがあった。

――絵から抜け出した、無貌《むぼう》の二本差し。

目などないのに視線を感じる。鼻などないのに呼吸が聞こえる。口などないのに、それが恨み言を言ったような気がして、太兵衛はついに叫び声を上げてしまった――

「ぎゃあと叫んで、おいらひっくり返って、気がついたら長屋の連中が覗き込んでいて……のっぺらぼうはいなかったけど」

太兵衛は大いにため息を吐いた。

それから先はたまたちも知っている。のっぺらぼうは隣町で人を呑み、何かを盗みながら、この町にまた戻ってきたのだ。

太兵衛は半分べそをかきながら、どうしよう、と呟いた。

「あいつさ、きっとおいらを狙っているんだよう。おいらが生み出したからさ。またおいらの長屋に来てくれりゃあ、まだいいよ。これで絵草子屋とか、他の人が襲われたら……どうすればいいんだよう」

「そのために、私のところへ来たのでしょう」

夜四郎は考え込むように目を閉じた。たまも記憶を引っ張り出してみるのだが、このところであやかしに類するものを視た記憶がない。

どこかに隠れているのか、まだ来ていないのか。

「私はあやかしを斬るだけです。ただ、太兵衛殿の懸念もごもっとも。望むのであれば、昼でも夜でもあなたの身辺を守りますよ」

「ほ、本当かい？　何か振る舞おうにも米と漬物しかねえけどよう、おいらの家に泊まっていってくれ！」

「喜んで。——それでは、現れ次第に斬ってしまってもよいのですね。のっぺらぼうを」

「夜四郎さんに任せるよ。おいらの手には負えないもの。ただ、なんか、斬った後にでも、供養とかなにか、おいらにできることはねえかは考えてみるけど」

太兵衛はほっとしたように肩の力を抜いた。

しかし、たまは首を捻る。問題は山積みなのだ。

「でも、太兵衛さん、このお話、絵草子屋にはされたのですか？　確か、美成先生に似た姿だというお話ですし」

「ウ……」

すぐに太兵衛は大袈裟に震えてみせた。青い顔で首を振る。

「お、おいらが言わなくったって、瓦版だの噂話だのですぐ行く話だよ。それにさ、顔はないんだもん。兄さんに似た背格好の人は探せば他にもいるんだし、兄さんが例の絵から抜け出したって話をした時にも、姿が似てるなんて言ってなかったし……。でも、ああ、ばれたらお終いだよう！　きっと兄さんの足を引っ張るためにやったんだって、あのおっかねえ顔で怒るんだよ……とてもじゃねえけど、おいらから言いにくくてよう……」

夜四郎は小さく息を吐いた。

「それでもお伝えした方がいいかと思いますよ。あなたから聞くのと、他所から聞くのとでは心象も違いますし——なにより、どれほど似ていようが、似ていなかろうが、のっぺらぼうは美成殿の姿をとっているのです。有事の際、面倒に巻き込まれるのは彼の方です」

「ソリャそうなんだけどよう……わかっているよ、言わなくっちゃあって。あの美成さん相手じゃあ、おいらなんかの話をちゃんと聞いてくれるのか、本当に言いにくいんだよなア……」

太兵衛は涙目のまま頭を抱える。

そういえば、とたまは思い出す。

昨日も感じたのだが、美成に対する印象にかなり差があるのだ。

確かに不器用でぶっきらぼうな印象はあるものの、怖い怖いと言う割には穏やかな人だった。怪しい客人にも付き合って、たまには飴までくれたのだ。

「……太兵衛さん、美成先生はそう怖い方ではないように思うのです。ちゃんとお話ししようとすれば、きっと聞いてくださいます」

少なくとも、自分の非を頑なに認めないだとか、人を必要以上に詰《なじ》るだとか、そう言ったことはまるでなかったようにたまは感じていた。夜四郎も首肯する。

太兵衛は見るからに項垂れた。そりゃあそうだよ、と口を尖らせる。

「そうは言ってもさ、ソリャ、相手がおたまちゃんだから優しかったのさ。おいらと志乃屋のかわいい看板娘とじゃ話は違うだろ？」

「そういうものでしょうか？」

「そういうもんさ！　第一な、あの人はおいらが対等に話せる相手じゃあねえよう。何でも持っていて、何でもできる美成さんみてェな天才とおいらみたいな凡才、まず立っている土俵が違うんだもん。そりゃあ見えているモンも違うんだよな。そもそも話が合うわきゃねえってのはさ、きっとそうなんだよ」

「でも……」

「いつもおいらの話は兄さんには届かないんだよなァ。何を言っても、結論の前に怒られちまうもの……」

　それでも、と夜四郎が口を挟んだ。

「お伝えしないわけにもいきますまい。手違いで美成先生が嫌疑をかけられること、あなたも望んではいないのでしょう」

「ソリャ、そうさ！」

「話し辛いのであれば、たまをお供につけましょう。この子がいれば多少は穏やかにお話もできましょうし――たま、行ってくれるかい」

　夜四郎が小さく首を傾げたので、慌ててたまは頷き返した。

「ええと、それはいいのですが……」

「二人で会話できりゃあそれが一番いいんだが、今回は迅速に、可能な限り冷静な状態で聞いてもらいたい。太兵衛殿も今は心中落ち着かないだろうし、ここで下手に事態を混乱させてもいかんだろう」

「むむ……そう言うことでしたら……」

たまが重く頷くと、太兵衛は少しだけホッとしたような表情になる。

「本当かい？　助かるよ、おたまちゃん」

「でも、一度はちゃんと、お二人でお話しした方がいいかと思います。お二人とも、お互いにお話ができないんだって思われているんじゃあ、せっかくのご縁が勿体無いです。苦手だと思っていたけど、お話してみたら案外……なんてことだってあるんですもの」

「そ、それはわかっているよう。別においらだって、怖いからって、兄さんのことが嫌いなわけじゃないんだもん。尊敬しているわけだしさ、兄さんみたいになりたいって思うしさ」

でも、と太兵衛は眉尻を下げた。

「頑張ってはみるけど、今回だけは、な？　この通り頼むよう」

「あい、わかりました。たまも今回は頑張ります」

話がまとまったところで、夜四郎も軽い調子で頷いた。

「当然、私も行きますよ。妹一人では不安です。……そういうことですので、太兵衛殿、ご案内願えますね？」

「えっ」

「これから行きましょう」

「い、今からかい？」

「早くしないと、噂話に先を越されます」

中々立ち上がらない太兵衛を、先に立ったたまが引っ張るようにして出かけようとしたところ――

から太が鳴いた。土を踏む音が聞こえる。

「そうぞろぞろとウチに来られても困るんだけどね」

聞こえた声に、三者三様に振り返る。寂れた破《や》れ寺《でら》に頭巾を被った男が一人、険しい顔で腕を組んでいた。

「年若い娘がいるのに、なんてところにいるんだい。どうかと思うよ」

佐伯美成が破《や》れ寺《でら》までやって来たのである。

美成は夜四郎の勧めた煎餅座布団を一瞥すると、ゆっくりと頭を振った。長居する気はない、と最初に断って三人と向き合うように立つ。

その視線が太兵衛をぎろりと射抜いた。

「やい、太兵衛。随分と探させてくれたね」

「よ、美成さん！」

「朝からさあ、つまらない質問攻めにあっていてねえ。煩いのなんの。それで太兵衛を探していたのさ。立ち聞きして悪いけど、何の話か、わかるだろ？」

彼が放り投げたのは、太兵衛が持ち込んだのと同じ瓦版である。覿面《てきめん》、太兵衛は顔色を失った。ぱくぱくとあえぐ魚のように口を開閉させて、言葉を探している。

完全に縮こまる太兵衛に、たまは慌てて囁いた。

「太兵衛さん、説明しませんと」

それを見て、美成はつまらなさそうに片眉を持ち上げた。

どうにも、絵草子屋で誰かが美成を指して「かおなし」と言ったそうな。誰が言ったかはわからないが、野次馬らしき人影がちらほらといる。

そのうち、得意客の遣いがやって来て、巷で流行るのっぺらぼうの噂話を持ってきた。当然、最初から美成の名前が挙がっていたわけではないが、襲われたうちの一人が美成のことを知っていた。

「最初は佐伯先生だと思った」

そういった話が出回ったらしい。噂は尾鰭がついて、どんどんと知らぬ方へと転がっていく。

美成は太兵衛が朝から店に出ていないこともあって、話を聞くついでに出てきたのだと言った。

「……太兵衛、あんたこの騒動についてなんか知っているんだろ」

「へ、へぇ、兄さん」

「やっぱり、この騒ぎを仕掛けたのはあんたかい。何がどうなっているのかは、この際いいけどさ、騒ぎの種は私《あたし》の姿を模していたんだって？」

「それは、その」

「変な騒ぎを起こすのは、目を瞑る。私《あたし》も品行方正な性質でもないしね、人に好奇の目で見られるのにも慣れているとも。困ってンなら店もあんたのためにひと肌脱ぐくらいはしてやるのにさ――けどさあ、あんたが仕掛けた話っていうなら何ですぐに店に言わなかったんだ。あんたを守ってやるって人間が噂話で知るようじゃ遅いだろ。私《あたし》が嫌なら、せめて他の者《もん》に言えばよかったんだよ」

「ち、違うよ、美成さん！　おいらは嫌ってわけじゃなくて……でも、言ったら兄さんはきっと怒るし、おいらはその前に解決しようと思って……」

怒られるのがなんだよ、と美成は太兵衛を見下ろした。

「へえ？　そンで手早く解決してくれそうな兄妹をとっ捕まえて、面倒ごとだけ押し付けていたってわけか」

「そ、そうなっちまったけど、そんなつもりじゃァなくって……」

しどろもどろに言いながら、太兵衛は視線を彷徨《さまよ》わせた。

「だって兄さん、怒るだろ。おいらの絵が、生きて抜け出して、なんて言ってもさ」

美成の眉間に皺が刻まれる。

「言ってくれなきゃわからないだろ」

「言ったところで……うう」

太兵衛が助けを求めるようにたまと夜四郎を見た。夜四郎は静かにその視線を受け取ると、軽く首を傾げた。

「落ち着きましょう、太兵衛殿。あなたもですよ、美成先生。私から、事の次第をご説明してもよいですね」

「……ふん、まァ誰でもいいや。聞かせて」

美成は不機嫌そうに鼻を鳴らした。

夜四郎は簡潔に取りまとめたのっぺらぼうの話を伝えた。太兵衛が描いて、失くして、騒ぎをおこし——終始つまらなそうに聞いていた美成は、ふん、とまた鼻を鳴らす。

「なるほどねえ、事情はまあ、そういうことにしとこうか。それにしても、やっぱり聞きたいことは一つだ。あれが私《あたし》の姿ねえ……、太兵衛もさあ、なんで私《あたし》の姿なんて模して描いたんだよ」

嫌がらせか、と睨む美成に、太兵衛は震えながら首を横に振った。

「まさか！　な、何でおいらが兄さんに嫌がらせなんて！」

「あんた、私《あたし》のこと嫌いなのは構わないけどね……」

「嫌いなんて、まさか！」

「ふん、話も聞こうとしない、目も合わせないいんじゃあそう思われても仕方ないだろ。……ソンじゃあ、嫌がらせでもないならなんでさ」

「そ、それは……」

太兵衛は一度言い淀んでから、肩を丸めたまま言いにくそうに呟いた。

「兄さんが羨ましくって」

美成が何かを言おうとしたのを、夜四郎が手で制した。不服そうな様子は隠さないが、続けて、と美成自身が促す。太兵衛は目を瞬かせて、指先を擦り合わせながらも早口で続けた。

「ほら、兄さんってすごい人だろ。洒落ていて、絵も上手くて、みんなに慕われている人気者でさ、生まれだっていい家なんだもん。それにさ、本当においらが描けないような、ハッとする絵を描くんだ。初めて見たときからすごくそれが好きで、おいらも憧れて、羨ましくって、だから……」

「……まったく大莫迦者だよ、あんたは」

太兵衛と目が合いそうになった美成はぷいと顔を背けると、やや大袈裟にため息をついた。

「私《あたし》になんかなってどうすんだ。あんたの方がよっぽど……」

呟いた声は風にさらわれて、掻き消える。鋭い目つきと、大莫迦、の言葉に太兵衛はまた眉尻を下げた。

そんな二人を交互に眺めていた夜四郎は、今度はまっすぐに美成を見た。

「時に、美成殿――」

なんだい、と美成が視線を返す。

「あなたも人のことは言えませんよ。知っていたのでしょう、此度の騒動を……騒動としては知らずとも、種は知っていたはずですよ」

美成はふうん、と夜四郎を見る。

「昨日言ってはいたけどさ。夜四郎さん、真面目にあやかし退治をしているんだね」

「身辺に変なことはあったかと、昨日おたまが聞きましたが、あなたは話さなかった。……これはあなたにとっての日常なのですか」

「そいつはすまなかったよ、あんたらがどこまで本気かなんて、出会ったばかりでわかるはずもないだろ。それに、私《あたし》の姿を模しているなんてことは知らないし、そいつが辻斬り紛いのことをしているっていうのも知らなかったのは本当だ」

美成は腕を組んで、そっぽを向いた。

夜四郎は静かに微笑んでいた。

「私とおたまは、のっぺらぼうを斬るように太兵衛殿から話を頂戴しています」

「胡乱な兄妹だねえ、本当に。……べつに、もう疑っちゃあないさ。単純に信じられないの一言で捨てるわけにもいかないじゃない。私《あたし》の知らない事象なんて山ほどあるだろうしね」

「おや、これは助かります。目に見えないものを疑うことはよくありますので……時に、美成先生はのっぺらぼうに会いましたか」

「いいや」

美成はきっぱりと答える。ちょん、と軽く夜四郎の手が触れて、たまは美成の周りを注視した。

――あやかしは近くにいない。

たまはほっとしながらも、自分の目に頼りなさを感じた。

あやかしの残した気配だとか、そういった痕跡も視られたのなら、うんと楽になるのに。

美成は大きくため息を吐いた。

「ま、変わったことはあったよ、今日は特にねえ」

「それは――」

「町にでりゃあ、すぐにわかるんじゃないの。稀代の絵師か、悪人か、天才兄弟の三男坊が悪事に手を染めた……なんて具合にさ、昨日まで私《あたし》を褒めた口で楽しそうに嗤っている奴が見つかるだろうよ」

ふん、と忌々し気に鼻を鳴らし、美成は続けた。

「……まあ、あんたらの話はわかった。おたまさん、ウチのが面倒に巻き込んでごめんよ。厄介なことは兄さんに任せておきゃいいさ――それにしても困らせることにかけちゃあ、他に類を見ない奴だね、太兵衛は」

「お、おいらは困らせるつもりなんて……う、噂のことなら任してくれよ！　おいらが、のっぺらぼうは兄さんじゃあないってこと、みんなに言い回ってくる。兄さんがそんなことするわけねぇ、そんなの全部嘘だって言い回ってくるよ」

「……噂ってのは風よりも速いんだ。あんたなんぞの鈍足で追いつけるものか」

「で、でもよう」

「天才と持て囃された絵師の黒い一面なんてさ、好奇心を刺激するにゃ十分だもんね。

佐伯屋の倅《せがれ》だからどうだろう、あの人の弟だからこうだろうとかさ、そういった噂話にも飽き飽きしていたけど、こんな形で噂を上塗りしてもらいたかったわけじゃないよ」

人々の口に上る様々な美成の姿——どこまでいっても、そこにあるのは虚像の『佐伯美成』でしかない。

美成は顔を歪めた。誰がのっぺらぼうだ、誰からもまっすぐに見てもらえない私《あたし》の方がよっぽど顔がないのに——

握ったこぶしを背中に隠して、美成は顔を上げた。

「……探すんなら手分けをするよ、太兵衛。あんたは自分の家の周り、私《あたし》は店の周りからだ」

「え⁉」

「間抜けた顔をするんじゃあないよ。人任せにばかりしてられないだろ。こんなところで油売らずにとにかく動かにゃ話にならないだろうが。とっとと行くよ」

「わ、わかりやした！　兄さん、おいら、すぐに騒ぎを収めてみせるんで！」

太兵衛は転がるように走っていった。門のところで一瞬だけ振り返って、夜四郎とたまに向けて手を合わせて小さく頭を下げると、また慌ただしく駆けていく。

太兵衛を見送ると、美成も用は済んだとばかりに背を向けた。そのまま背中越しに、こう言った。

「夜四郎さん、この騒動、改めて頼むけど、ちょいと手助けしてくれるかい。あいつと私《あたし》だけじゃあ心配だよ」

「お請けいたします」

夜四郎は丁寧に返した。

「行方がわかり次第、斬りましょう」

「はん、人の勝手で生み出されて、人の勝手で斬られるなんざ、のっぺらぼうも可哀想な星の下に生まれたもんだねぇ、まったく」

ため息をついた美成は、そろそろ行かないと、と呟いた。たまは小さく首を傾げる。

「美成先生、のっぺらぼう探しでしたら、たまもお手伝いします」

「ありがと。でも、今からは別用もあるからいいよ。なに、ちょっくら自身番だ。ここに来るまでにね、知り合いの同心に呼ばれちまってさ。ま、やましいこともなし、私《あたし》にゃ立派に顔もある。ここのところ忙しかったしねぇ、濡れ衣だって証拠なんていくらでもあるからさ、しっかり調べてくれって文句だけ言ってくるよ」

ほら、と竹刀胼胝《しないだこ》のない手のひらを見せてきた。指に筆胼胝《ふでだこ》はくっきりとあるが、剣士の手のひらではないのはたまにもわかる。

「……まったく、つまんないことばかり起きるねぇ、太兵衛にも、私《あたし》にも」

そうやって呟いて、今度こそ美成は破《や》れ寺《でら》を後にした。

◆◇◆

さて、この晩にものっぺらぼうは町に現れた。

翌朝、志乃屋の二階で朝ご飯を食べていたところ、おかみさんからその話を聞いてたまはびっくり仰天、文字通り跳び上がったものである。

現場はこの団子屋からも、その先の方にある太兵衛の長屋からも近い川沿いの辻。

咽《むせ》かけたたまは白湯でご飯を飲み込んで、恐る恐る訊ねる。

「だ、誰か斬られたの？」

「いンや、転けたときに腕は痛めたみたいだけど、とりあえず無事だってさ」

ほっと息を吐いたのも束の間、おかみさんの続く言葉にまた咽《むせ》た。

「けどねえ、絵師先生も災難だよね。これからだってのに、腕をやられたんじゃあね」

「え、絵師？」

嫌な予感がした。当たって欲しくない——祈る気持ちで思った時ほど、的中してしまう。

「その絵師って――」

「あら、あんたこの間会って来たんでしょ。佐伯屋さんのところの坊ちゃんさ」

「よ、美成先生が……」

たまはくらりと目眩を覚えた。顔から色が失せる気がする。

昨晩襲われたのは、絵師の美成。

そして不思議なことに、これ以降ぱたりと騒ぎは起きなくなった。

伍

のっぺらぼう。顔を持たない、何者でもない、あやかし。

普段なら恐ろしいと思えるそれを、何者でもない彼を、美成はほんの少しだけ羨ましいと思っていた。

奇しくも美成と同じ姿を持つそれの顔は、さながらまっさらな紙だ。髷《まげ》の結わえが似た他人、小袖の色模様が同じ他人、そんなのは万といる。けれども顔はそうもいかない。

顔のない彼は、描こうと思えばどんな顔も描けるが故に、なろうとおもえば誰にだってなれるのだ――

それが、美成は羨ましかった。

佐伯屋の倅《せがれ》という顔、優秀すぎる兄たちの弟という顔、そう言ったものに縛られていなかった頃に戻りたい――叶わぬ願望を胸に燻《くすぶ》らせたまま、美成は夜道を歩く。

自身番からの帰り道。

美成はざくざくと土を鳴かせて、月明かりの下を歩いている。

「無駄な時間だったよ、まったく――」

誰に言うでもなく呟いた。無駄で当然だ、だってのっぺらぼうの正体が美成なんて、事実無根の話なのだから。真面目に絵師をやっていただけの男なのだ。絵一筋に打ち込んで、浮いた話もないけれど、叩いて出る埃もない。

皮肉にも、彼の嫌疑を晴らすのには普段から注目されていたことが役に立った。出向いた先で、人が覚えている。美成がその時間に出歩いてないことを伝える。

元より嫌疑というにはあまりに証拠が甘く、念のため話を聞くという具合だったのだ。うろ覚えの目撃証言だけはあっても、その場にいない証拠がたんまりと出てくる美成を何の罪に問えるわけもない。

そうは言っても、ついでに話を聞かせろと、あれやこれや根掘り葉掘り聞いてくるので、随分と夜遅くなってしまっていた。木戸が閉まるまであと半刻ばかりといったところか。

「佐伯先生はなんと言ってもあの立派な佐伯屋さんの御子息。そうそう、兄上のご活躍も耳にしましたよ。それだというのに、先生はこんなことに巻き込まれなさって……いやはや、災難ですなァ」

帰り際、そう声をかけられて、思わず顔をしかめた。

全くこんな時まで『佐伯屋の優秀な倅《せがれ》』かい――これが冤罪などでなければ、今度は『佐伯の名前に泥を塗った愚息』になるのだろうなと想像して、ひどく不機嫌になったのだ。

濃紺が垂れこめて、空気の重たい夜だ。

遠くに蕎麦屋らしい屋台の灯りが見える。遠いところに人の影が一つ二つ、提灯が揺れる。猪牙舟《ちょきぶね》の影が川を遠ざかるのも見える。

それなのにこの辺りだけ、ぽっかりと人がいなかった。道は常夜灯で照らされているはずなのに普段よりも暗いような気がする。

ぞわりと肌が粟立った。闇に溶けて、何かがこちらを見ているような気になって、気持ち、早足になる。

「……やだね、まったく――」

柄にもなく怖がるとは――そう自嘲して、ふと前を向いた時。

美成の目の前に、それはいた。

月明かりの下、男の顔が真白く浮き上がっている。

揺らめく縞の小袖、アレは普段の私と同じではないか。髷《まげ》の結い具合もよく真似られていて、その格好も、背丈も、やや重心が右に寄った立ち姿も、全身の色合いもまるで同じだった。

ああ、あれがそうなら、太兵衛は確かに観察眼はある。絵で見たときはわからなかったが、なるほど、これは似ている――そう、思わず感心していたところ、ぐるりとその首が回り。

目が合った。

いや、目が合うわけがない。目など何処にもないのに！　口が笑う。口など何処にもないのに！

それは美成を見るなり、ゆらりと動いた。視線だけ落とせば、握られた脇差が見える。聞こえたのは歪な音。

のっぺらぼうが動いたのと、美成が悲鳴を上げて転がるように駆け出したのと、どちらが早かったか。

「ひぃぃ……お、お助けぇッ！」

美成は一介の絵師である。元より刀など持ち合わせてはいない。あると言えば、袂《たもと》に筆の入った木箱が一つのみである。そんなもの、一太刀浴びれば無意味だ。だから、灯りの方へと逃げるほかない。

口がないのに、声が聞こえる。

目がないのに、視線を感じる。

女の声にも聞こえる、男の声にも聞こえる。睨め付けるような視線かと思えば、哀愁に暮れる視線のようでもある。

ひどく不思議な感覚だった。外見は美成だったが、発する声は知らぬ何処ぞの町人のそれであろう。ならば刀を握るその腕は一体誰の腕なのだろう。

——聞いたかい、美成さん。

——あんたに似たって噂の化物、人を呑み込んだんだとサ。

店で誰かに聞いた話が蘇る。ああそれで、と思い至る。何もかも、混ざっているのだ。混ざった上でまっさらなのだ、こののっぺらぼうは。

必死に何かを模そうとしているのだと美成はわかった。

見様見真似で、誰にもなれずに、それでも誰かになろうと、たくさんの色が混ざっている。濁り濁って、何色にもなれなかったそれは泣き叫んでいるようにも見えた。

どんな枠にも入れない、まっさらなのっぺらぼう。

——たくさん混ぜても、所詮『佐伯屋の倅《せがれ》』という枠から出られぬ己と正反対で、そっくりだ。

駆けていた美成は、三間も行かぬうちに勢いよくつんのめる。足がもつれて、路端の小石に躓いて……

「うぐ……ッ」

無様に夜道に転げた。

振り返れば、のっぺらぼうはもう背中に追いついていた。ぎらりと刀が月明かりを反射したのが見えた。影が揺らめき、のっぺらぼうの身体が膨張する。

「ひ、ひぃぃッ」

叫んで、せめてもと庇うように腕を上げて――衝撃が襲い掛かることはなかった。

それが動きを止めていた。

美成はのっぺらぼうを見た。

咄嗟に見上げてしまったその顔に、ああ、と美成は声を吐き出していた。さまざまな色が混ざり合うそこに、美成は不思議な色を見たのである。彼の訴えを、美成は聞いてしまったような気がした。彼の悲しみを見たような気がした。

「……あの絵だね、太兵衛の絵だ」

気がつけば、美成の口から勝手に言葉が飛び出ていた。

「あ……あんたは、なんで、泣いているんだ。悲しいのかい？」

おかしな話だ、涙を流す術なんて持たないはずなのに――それでも美成には、確かに泣いているように見えていた。否、悲しくて泣きたいのに、どうすればいいかわからない小さな子供のような……

美成はごくりと唾を飲み込んだ。あの日、拾った絵から逃げ出した小さなのっぺらぼうが、大きく育って美成を見下ろしている。つるりとした表面が月明かりにぼんやりと浮かんでいた。

「かな、しい？」

のっぺらぼうが声を零した。女のような、男のような、老人のような、不思議な響きだった。

「しら、ない」

恐ろしさはとうに消えていた。それが突然考え込むような素振りを見せたからだろうか。刀を持たぬ方の手を顎にやって、小さく首を傾げている。

美成の一時は大暴れだった鼓動が落ち着いていく。

不思議と、斬られない確信があった。

「ねえ、あんたは、なんだって……人を食うのさ」

「かおだ」

のっぺらぼうから、今度は少年のような声が降ってきた。

「ほしい」

じっと、存在しない双眸《そうぼう》が美成を捉えて離さない。美成もしっかりと見つめ返していた。感情が昂るのを感じていた。

この絵は、のっぺらぼうは、生きている。

「あんた、羨ましいんだろう。ちゃんと、顔のあるやつが。でも、足掻いてもどうにもならないから、そんな現実が寂しくて——あんたは、きっと悲しいんだよ」

美成はまたも考える前に声に出していた。

——私《あたし》が、そうだから。

知らずのうちに美成は己とのっぺらぼうを重ねていた。同じ色を、そこに見た。人に求められる顔しか持てない己と、顔を求めてやまない無貌《むぼう》の彼。

のっぺらぼうは刀を持った手をだらりと垂らしたまま、こちらの言葉を待っている。顔欲しさに人を斬る、きっとそれ以外の道を待っている。

「あ、あんた、そんなに寂しいならさ」

うちにおいでよ、と思いの外優しい声が出た。

「あんたは顔が欲しいんだろ。そんなら私《あたし》が描いてやるよ。あんたが満足する顔をきっと描いてやる」

のっぺらぼうは戸惑うような素振りを見せた。

怖い思いもある、人を呑んだという話が嘘か真かもわからない。けれども、目の前にいる彼の助けになれれば、きっと自分はただの『佐伯屋の倅《せがれ》』以上の意味を持てるのではないかという気持ちが湧いてきた。

そう思うと、すうっと恐ろしさが抜けて、思うように動かなかったはずの身体に自由が戻る。怖さも聞いた噂話もどこかへ飛んで、代わりにどこか温かなものが込み上がるような気さえする。のっぺらぼうが震えたのを見て、美成は立ち上がって同じ目線に立った。

「泣き方がわからないなら、私《あたし》が教えるよ」

のっぺらぼうは応えない。

美成は迷わずに手を伸ばした。差し出したその手をのっぺらぼうは戸惑うように見つめる。

「……すぐにはあげられないが、どうしても声が欲しいんなら、私《あたし》のを使えばいい」

勝手な期待と失望の中、心に蓋をして、思いの丈も言えずに燻《くすぶ》っていた自分――それによく似た、このあやかし。

足掻いて、足掻いて、夢の先を確かに掴んだはずなのに、満たされないその心には覚えがある。

「迷子みたいにぐるぐる回っているんだよねえ、私《あたし》たちはさ。迷子なんだよ。他人の勝手な願いを押し付けられることは厭《いと》うておいて、人にはそうあれと願っちまうんだ」

美成の手をのっぺらぼうはおずおずと掴んだ。刀はいつの間にか鞘に収められてい
る。美成は表情を緩めて、目の前の白い顔を見つめた。

「あんたに居場所がないなら、私《あたし》のところに来な」

今度こそのっぺらぼうはゆっくりと頷いた。戸惑いはまだ残るものの、美成をどう
こうするつもりは既にないらしい。

美成の一挙手一投足を逃すまいと見つめている様子が幼子のようにも見えて、すっ
かり絆されていた。あの日、あの頃、手を離した自分自身の影をそこに見た。

美成は心を決めて、このあやかしの耳元に囁く。

のっぺらぼうは追われている――美成は町の人に疑われている――周りを欺くため
に必要なことを済ませねばならない。

必要なことだと歯を食い縛る。そして、のっぺらぼうと共に夜の闇に踏み込んだ。

やがて、夜が更ける。

陸

佐伯美成は一連の騒ぎに関わっているのではないか——町の噂の中には、そんな話が確かにあった。

誰が言い出したか、下手人と思しき人のその姿形が同じらしい、あるいは似ているらしいというのが主だった理由だったのだが、なんとその当人が辻斬りに襲われたというのだから、更なる噂が囁かれることになるのも当然といえば当然の話である。

悲劇の絵師かはたまた悪徳の絵師か。生まれ持った才能をいいことに、お高く留まったこの絵師こそが怪しいと言う人もいたのだが、結局誰もその確たる証拠は掴めなかった。

おかみさんが今朝言ったように、志乃屋でもその話が飛び交っていた。瓦版を持って顔を寄せ合う人々、囁き合うには大きすぎる声で話す人々、それから。

「お、おたまちゃん、大変なことになっちまった……！」

真っ青な顔の太兵衛が駆け込んできて、たまは詳しい話を聞くこととなった。流石に人々の好奇の目もあるので、店内の奥の席に案内する。

太兵衛は声も肩も落として語り出した。

「よ、美成さんがさ、昨晩のっぺらぼうに遭ったらしくてな、あろうことか利き腕を怪我したんだよう。話によりゃ、近くにいた蕎麦屋の屋台が駆けつけたら現場から逃げる男の姿を見たって」

「美成先生はどのようなご様子なのです？」

「今朝一番に家の方に行ったんだけどよ、ここがびっくり、おいらちっとも怒られなかったんだよう。どうにかするっつったのに、その日にこんなことになっちまってすまねえって言ったらサ、見舞いに一番に来てくれるとは感心だねえ、なんてにこにこ笑っていて……」

太兵衛はさらに弱々しく呟いた。

「きっとさ、兄さんなりに気を遣ってくれているんだよな。それなのに言うのが怖いって先延ばしにして、おいらが言い出せなかったから結局こんなことになっちまって……本当においら、悪いことしちまったなァ」

たまとしては話を聞くなりすぐにでもお見舞いに行きたかったのだが、噂が人を呼んだか、絵草子屋は連日の大賑わいなのだと言う。近づこうにも近づけなかった。

話を聞いてからちょうど七日目の朝。ようやく落ち着いたとの話を太兵衛から貰ったたまは、見舞いの饅頭を抱えるなり美成の元へ大急ぎで駆けつけたのである。

美成は絵草紙屋の裏手にある小さな家に一人で住んでいた。家としてはそう広くはないものの、時季の草花が咲き乱れた小さな庭は風情があってとても美しい。

店の人に案内されて、たまが家を訪れたのは昼頃の話である。

「もうし、美成先生、志乃屋のたまでございます」

たまは声をかけてから、戸を叩こうとして手を止めた。

「――ああ――ソリャむぼう――そうそう、次はそうやってさ――」

美成の声だ。誰かと話しているらしい。相手の声は聞き取れないが、美成の落ち着いた声の調子から察するに友人なのだろうか。

邪魔をするのもなんだと思って、たまが頃合いを見計らっているうちにぱたりと声がしなくなった。動く人の気配もないし、裏口から帰ったのか、はたまた二人で黙々と茶でも飲んでいるのか。

一人で考えても仕方ないと、たまはもう一度声をかけた。

「美成先生、志乃屋のたまでございます」

先ほどより大きめに発した声はちゃんと中まで届いたらしい。しばしの間があってから、美成が戸を開けた。

「おや、客かい？　落ち着かないねえ」

そんな声がして、美成が戸を開けた。

たまと目が合って、美成は驚いた様子を見せた。

「あれまあ、おたまさんじゃないか。こりゃ驚いた」

少しだけ視線をぐるりと動かし、首を傾げると呟いた。

「夜四郎さんと来ているのかい」

「いえ、お声掛けする前に来てしまったので、今日はたま一人です」

「……ふうん？　そんでどうしたんだい、また聞きたいことでもできた？」

「先生がのっぺらぼうに襲われたと聞きまして、お見舞いに参りました」

とは言ったものの、当の本人はけろりとしたものである。腕には手当ての後は見えるが、顔色はすこぶるいい。

美成はたまの言葉に目尻を下げた。

「あれまあ……ソリャ嬉しいね。ほんの一、二回会っただけの私《あたし》を心配してくれたのかい」

「あい。兄さまも心配されていたので、時機を見て来ると言っていました」

「あはは、気持ちだけでいいよ。あの人、でっかくてとにかく嵩張るもん。ここ数日店も私も慌ただしいからねえ。なんなら、私《あたし》の方から夜四郎さんのところに元気な姿を見せに行ってもいいいい」

歩けば気分転換にもなるしね、と美成は肩をすくめて見せる。

「ご覧の通り、傷だって浅いし、私《あたし》は結構ピンピンしてんのさ。間抜けだよねぇ、逃げようとして転けちまってさ」

「ご本人からそう聞けて安心しました」

「あはは、若い娘さんに心配をかけていたんじゃあいけないねえ。すまないね、太兵衛共々騒がせちまったや」

「いいえ、先生がご無事ならいいのですよ」

ふう、とたまは嘆息した。それから持ってきていた包みを美成に差し出す。

「志乃屋からおの差し入れです。このお饅頭、とっても美味しいのですよ。よかったら皆さんでどうぞ」

中に人がいるのかも、というたまなりの気遣いのつもりだったのだが、美成は怪訝そうにたまを見た。たまは慌てて言い添える。

「ええと、あの、先に誰がいらっしゃっているのかと思って……」

「いンや、無愛想な偏屈者の住まいさ。七日も経てばお祭り騒ぎも落ち着いて、誰もいないよ」

「はあ」

「人が来る予定もないし……、ふむ、そういや、あんたはそうだったねえ……」

美成は少しだけ考える素振りを見せてから、

「……片付けてくるからちょいと待っとくれよ。せっかく来てくれたんだ。お茶くらいは出すよ。少し上がっておいき」

と、たまを家に招いた。たまは首を傾げながらもその後に続く。

しばしの間の後、通された客間は整然としたものだった。勧められた座布団に先人の温もりもなく、閉められた襖の向こうにも人がいるような気配はない。

――聞き間違えた？　もしくは、たまが会えないような身分のうんと高いご友人がお忍びで来ていたのかな？

先生は人気の絵師だもの、あり得るわ――そう思うのは、最近貸本屋から借りた物語の影響を受けているからか。だとすればキョロキョロと見回すのも野暮だろうと、たまは目線を美成に固定した。

あんまり長居もよくないだろうし、気を遣ってもらった分だけお邪魔して、お茶を一杯だけご馳走になってから帰るのがいい。

美成はどこかご機嫌に饅頭を取り分けて、茶を淹れて、ちらりとたまに視線をくれた。

「夜四郎さんの方は、どうなんだい。のっぺらぼう、見つかった？」

「まだです」

たまはふるふる頭を振った。それを満足そうに眺めてから、美成は一言。

「案外、あっさりと終わるんじゃない。肩透かしかもだけどさ」

思わぬ言葉に、たまは小さく首を傾げた。

確かに、美成の件以降はぱったりと、のっぺらぼうの話はなくなった。人の興味も次の話題へと移り始めているし、太兵衛に聞いた噂によれば襲われた被害者も次々に回復して日常に戻っているらしい。

「声が出ないとか、物の扱い方を忘れたとか、そういうのもなくなったんだろ？ それならよかったじゃない、なにもかも元通りだよ」

「そう……なのでしょうか」

たまは口ごもった。それならいい。夜四郎には気の毒だが、危険は去ったということだ。あやかしごとはまた頑張って見つけて、そういうことで今回は終わり。

――なんだか、すっきりしない。

たまにはあやかしの細かいことは分らない。薄眼横目で化け物草紙を読むことはある。人伝てに怪談話を聞くこともある。それでわかることは少ない。

「どうして……今になって、失くしたものが戻ってきたのでしょう」

美成に聞くつもりがあったわけではないが、ぽつりと零れた。

今になって、なぜ――そう思うことは不自然だろうか。

「さあ、要らなくなって、返したんじゃないの」

他人事のように美成は答えた。たまは上目遣いに美成を見上げる。

「要らなくなって、です？」

どうして要らなくなるのだろうか。それならばもっと早くに返したっていいものを、今更返すのはどういった心境の変化だろう。そういうものだと言われればそれまでだが。

美成の目が細められる。

「おや、夜四郎兄さんの悪い癖が移ったんじゃないのかい、おたまさん。そんなに変なことを言ったつもりはないいんだけどねえ」

「あいや、すみませぬ！　……えっと、兄さまの悪い癖、はわからないのですが、そのう、のっぺらぼうがみんなから持って行ったものを、今になって要らなくなるのかしらって」

たまは大慌てで言い訳を並べ立てた。美成はくすりと笑うと、こちらもまた並べ立てるように返した。

「疑問を持つことはいいことだ。何事も疑問から始まるんだもの——でも、理由は知らない。無貌《むぼう》のあやかしも、案外素直なやつだったんじゃないかな。……なんにせよさ、私《あたし》の方こそすまなかったよ。なにもあんたを責めたいんじゃあないのさ。のんびりなおたまさんにも、おっかない兄さんと似たところがあるんだと思っただけ」

いやに上機嫌で饒舌な様子にも驚いたのだが、それよりも引っかかる単語があって、たまは首を傾げた。

「おっかない、です？　夜四郎兄さまが？」

「うん。でも、おたまさんには優しいんだもんねえ」

たまはすぐに頷いて、腕を組む。

たまに合わせて歩いてくれて、なんだかんだ言ってもたまの意思を尊重してくれる。話に行けば話を聞いてくれ、町人相手にも丁寧で、気さくで、話しやすい。

「優しくて、強くて、温かい……そう、兄さまはお人よしです」

しみじみ言うと、弾かれるように美成が笑った。

「あっははは、傑作だねえ、おたまさんに言われちゃあ、格好いい夜四郎さんも形無しだ」

あまりに楽しそうに言う美成の姿に、たまは不安を覚えた。

熱があるのか、はたまた疲労の蓄積か、あるいは恐怖からだろうか。しかしいたって健康そうに見えるのだが、調子が悪いのではないか。

「は、はあ……」

答えに困って、たまは首だけで頷いた。

「とにかくまあ、不用心すぎる妹がいちゃあおっかなくならざるを得ないのかもしれないねぇ。今日だって一人で突っ走って来たんだろう？　一応ここも男所帯だしね、今度来るときはちゃんと太兵衛か兄さんを連れて来なさいよ」

「あい」

「あはは、あんたはぽやぽやしているからね。もっと用心しなくちゃ」

美成は機嫌よく湯飲みを傾けていた。たった一、二回話した程度でわかるものではないが、上機嫌であるほかに、特におかしな様子は見られない。怪我をした腕をかばうような動きはあるものの、やはりひどく痛がる様子もない。

「あのう、美成先生」

おずおずと、たまは口を開いた。ぼんやりとした違和感がどこかにあって、それが何かを掴めない。美成は「なあに」とやはり楽しそうだった。

「何かいいことがあったのです？」

「そう見える？」

「あい」

「そ。まあ確かにいいことはいくつかあったねえ。面白い知り合いができて、ようやく私《あたし》も居場所っていうのかねえ。そういうものができた気分だもん。機嫌もよくなるよ」

にこにこと語る美成は、やけに愛想がいい。最近は絵の売れ行きがさらによくなったのだと言った。最近の絵から、まだまだ無名だった頃に描いたような絵まで、風景画、役者絵、美人画と種類も問わずに美成が描いたと言うだけで飛ぶように売れて、絵の依頼も山ほど来る。てんてこ舞いなのだと。

「怪我の功名だねえ。皆、噂の不幸な絵師様ってのに興味津々なのさ。有難い話だけど、まァ所詮一過性のものだよねぇ」

ほとんど野次馬だからと、至極冷静な感想である。

「皮肉だよねえ。今回のことで、やっとただの一人の絵師として求められるようになったんだからさ。わかる？　彼らも野次馬ではあるんだけど、私《あたし》の絵を求めているのは大店佐伯屋の倅《せがれ》だからじゃない。市井《しせい》にいる、平凡で不幸な男が描いた絵を求めてンだ。ただの美成が描いた絵をさ」

野次馬結構、その上で、実際に美成の絵を見て感銘を受けた人がいる。画号を見もせずにこの絵が好きだと言ってくれる人もいる。佐伯屋の看板抜きにして、美成の絵を喜ぶ声が昔よりも聞こえてくるようになった。

それが何よりも嬉しいのだと笑った。

「そういえば、お店は以前来た時よりも賑わっていましたね」

「あんたも、結構はっきりと言ってくれるねえ。ま、その通り、例の件でこの店自体が賑わってんだ。おかげで店の連中が忙しいったらない。嬉しい悲鳴だよ」

それでも今日は大分落ち着いたんだよ、と美成は笑った。

「私《あたし》にとっちゃ、いいことばかりでさ、のっぺらぼうは私《あたし》らにとっちゃ福の神だったんだ。こりゃ、太兵衛に強く言いすぎたことを謝らないといけないかな。夜四郎さんにも騒がせたことを謝んなきゃ」

少し見ないうちに、美成は明るくなっていた。

つんと澄ましたその裏はこうも柔らかく、そこに気難しいだの、無愛想だのと言われる雰囲気はまるでない。普段もこの雰囲気であれば太兵衛との対話も、他の人の誤解も解けそうなものなのだが。

「いつもこうとはいかないいんだ」

たまがやんわり尋ねると、美成はゆっくりと頭を振った。

「あんたには少し馴染みがないかもしれないけどね、人って何かしらを腹に抱えながら、表面だけは善意を繕って生きているものなのさ。私《あたし》も含めて、人を見ると必ず色眼鏡が挟まるものでね——この人はきっとこうだろう、ああだろうと勝手な期待をしてさ。勝手に判断されるのも、誰が善人か悪人か、それをいちいちこっちが判断するのも面倒だろ。『常に不機嫌な気難しい変人』として振舞った方が楽なんだ」

こういうところがいけないいんだけど、とため息を吐いた。

「……まあね、背負った名前に負けているようだと、結局いい食いもんにされちまうからさ、つけ込まれないようにしなきゃならない時もあるんだよ」

たまは曖昧な頷きを返した。

元より、たまの周りには気のいい人ばかりが集まっていたからその感覚に馴染みが薄い。背負って負ける名声もないというのもある。

「ま、のっぺらぼうがくれたいい風に乗れたらさ、いつかはただの絵師として――私《あたし》自身が自分に縛られないでさ、もっと気ままに絵を描けるようになるかもしれないね」

美成はしみじみと呟いた。

「おっと、要らない話までしちまった。おたまさんたらぽやぽやして綿毛みたいだからさ、ついつい口を滑らせちまう。あんた、岡っ引きにゃうってつけだねぇ」

ごふ、と咽《むせ》かけたたまは慌てて茶を飲み込んで、なんとか声を絞り出した。

「わ、綿毛？　岡っ引き？」

「そ。あはは、なんだい、その顔は！　そういうところがなんだか憎めなくってさぁ、つい油断しちまうんだよ」

「むう……」

たまは口を尖らせた。夜四郎もそうなのだが、美成はたまを実際よりもうんと子供のように扱うのだ。

膨れているたまをよそに、美成は満足そうに続けた。

「今回のこと、気負いなく話せるあんたらに会えたのはよかったね。太兵衛の奴も、怪我したって聞いて、慌ててすっ飛んできたんだ。その時には、私《あたし》もあいつもそれなりにちゃんと話ができたし。多少の怪我人は出ちまったが――あの太兵衛がしでかした騒動もこれで一旦は落ち着いたんだ」

その瞬間。

ぶわりと肌が粟立った。たまはびくりと肩を揺らす。相変わらず目の前では楽しそうに美成が語っている。その姿にブレはない。もっと違う、何かが視界の隅を掠めたのだ。

彼方《かなた》からの迷子、来訪者。

あやかしの歪みが映ったのだと、たまは唾を飲み込んだ。目だけを動かす。視線を彷徨《さまよ》わせてそれを探ろうとして、すぐに襖が少しだけ開いているのを見つけた。

先程は閉まっていたはずの、その奥に――

「おたまさん」

はっとして視線を美成に戻すと、心配そうな表情がそこにある。それだけではない、何か警戒するような響きも感じて、たまは思わず視線を逸らしてしまった。

「……どうかした？」

口の中が渇く。襖の奥の闇から、何かがこちらを見ているような気がする。

「顔色がよくない。そろそろ帰った方が――」

「美成先生！」

たまは声を絞り出した。落ち着け、と心に言い聞かせて、ゆっくりと息を吸う。

「どうしたんだい、そんなに怖い顔。娘さんがするもんじゃないよ」

美成はからかうように言いながらも、そっと立ち上がった。振り返って、すぐに襖の方へと手を伸ばし、閉める。

底の見えない暗がりが閉ざされてしまった。

――そこに、いるんだわ。なにか……なにが？

たまが視えることは美成の知るところだ。たまは真っ直ぐに美成に向き合った。この場にいる異質なものに美成は気がついているはずなのに、彼はまるで動じていなかった。

「よ、美成先生、困っていることはないですか。お力になりたくって来たのです――たまが頼りなくても、夜四郎兄さまなら、きっと」

「困っていない。だから何もいらないんだよ、おたまさん」

美成の声は終始柔らかく、優しいものだ。態度も柔らかい。しかし、明らかな拒絶がそこにあった。踏み込まれることへの強い拒絶。たまは言葉に詰まった。

「ねえ、おたまさん。あんた、目がいいんだねえ、本当に。そんなら、人一倍気をつけて周りを見るもんだよ」

やはり、彼にはわかっているのだとたまは唾を飲み込んだ。たまに対しての害意はない。ただ、踏み込むなと言っているのだ。

「人一倍ものが見えることに胡坐を掻いていちゃ、細部には気が回らなくなる。見えない人よりもうんと、物事が見えていないなんてこともありうるんだから」

「なんの……」

「何の話かって？　なんでもだよ。……あやかし退治人だか知らないけどね、なにも夜四郎さんだけが正義の味方じゃあないのさ。その目に映ったものがすべてじゃないってこと」

美成は長く息を吐いた。

たまは言葉に詰まって、視線を彷徨《さまよ》わせた。

ほかに異物はない。ちらと目の端をよぎっただけで、何かもわからないし、なんなら見間違えた可能性だって大いにあるのだ。ここで下手に突っ込んで、美成の心を閉ざしてしまう方がずっと恐ろしい。

――だめ、まずは夜四郎さまに相談しよう。

それがいいに決まっている、とたまは袖口を握る。

「もしも、もしもです。美成先生がお困りなのでしたら、言ってください。たまは先生のお力になりたいのです」

「ありがと。覚えておくよ、機会があったらね」

「……あい」

渇く口を潤そうと、何度か湯飲みに口を付けたが、お茶の味はわからなくなっていた。

「おっと、おたまさん、そろそろ帰らないといけないんじゃないかな」

たまがお茶を飲み終えると、美成は軽く帰りを促した。たまも素直に頷く。

「つい長居をしてしまいました」

「私《あたし》が誘ったんじゃないか。おたまさん、この後予定は？」

「ええと、一度志乃屋に戻りますが……」

「そんなら、太兵衛の長屋の近くも通るねえ。ちょっとした届け物ついでさ、途中まで送るよ」

そう言って、美成はたまを先に家から出した。

出がけに、たまはちらりと背後を見る。閉じられた襖の奥からは物音一つしなかった。それなのに、感じる視線が痛く突き刺さるようだった。

少し遅れて出てきた美成は、いくつか荷物を抱えていた。幾重にも重ねられた布の中身は、わからない。

「先生、太兵衛さんにはどのようなご用事なのです？　お遣いでしたら、たまが」

たまが慌てて荷物を持とうとするのを、彼は手で制した。トントン、とあやすように指先で優しく叩く。

「軽いから平気さ。なに、ちょいと顔をね、見せてやるのさ」

さあ行こうよ——すたすたと歩き始める美成を、慌ててたまは追いかける。

◆◇◆

たまが出かけたちょうどその頃、夜四郎は太兵衛の長屋にいた。前に太兵衛に頼まれてからはよく来るようになっていた。

「とんと現れませんねえ」

上がり框《かまち》に腰かけて、夜四郎は長く息を吐く。

「それどころか、騒動自体が落ち着いてしまった。……美成先生のご様子にはお変わりなく？」

太兵衛はこの数日ですっかり夜四郎に気を許して、くつろいだ姿を見せていた。腕を組んで、難しい顔をする。

「むうん」

「おや、何かありましたか」

「変わりはねえんだけどよう。いや、変なのは変だよ」

太兵衛は眉根を寄せた。ふっくらとした頬をさらに膨らませて、考え込む。

佐伯美成は元々人付き合いをよくする方ではない。必要なものは避けないし、店の連中に声をかけられて邪険にすることもない。とはいえ、彼はいつもつんと澄ましていた。笑うよりも眉間に皺を寄せていることの方が多い。

そんな美成が目に見えて変わったのだという。有体に言えば、明るくなった。滅多なことでも怒ることはなく、気持ちにこやかにも見える。

「店の奴はさあ、ここ数日のどこかでややこが生まれたんじゃないのって言うんだけど……。実はおいらたちが知らないだけで、懇意にしている娘さんがいるとかいないとか……でも、それを師匠も知らないなんてあるかい？」

「ややこ……」

夜四郎は眉根を寄せる。

「のっぺらぼうもさ、本当に消えちまったんならいいけどよう。夜四郎さんはどう思う？」

「さあて、それはなんとも……。消えたのなら、皆にとってはいいことですが、いま一つ釈然としない」

夜四郎は思考に耽る。のっぺらぼうが多数の目に留まったのは、それが此方《こなた》と縁を結ぶきっかけがあったからだ。

太兵衛の絵を足掛けにして此方《こなた》へと迷い込んだあやかし——更には人を襲って飲み込んで、本来の意味とは逆だが、所謂『黄泉竈食《よもつへぐひ》』の形をとって、さらに此方《こなた》へと馴染んだ。

美成を襲った時点で、あるいはその前から、襲われた時刻や場所も重なって、その姿は容易に人の目に映るようになっていたはずだ。それこそ、たまがいなくても、人の形をとって歩いていれば夜四郎にもそれと見てわかる。

夜四郎は、話を聞いた翌日からはずっと夜の町に張り込んでいた。たまを巻き込むまでもない、さっさと斬ってしまえばいい。それなのに、当日に美成が襲われて、それを最後に騒動が鎮まったのである。

——奪われたものも戻された。太兵衛殿の元へ戻るやもと考えたが、来る気配もない……。

「……いないものは斬れませんな」

夜四郎は嘆息した。斬りたかった、と零す彼に、太兵衛は目を丸くした。

「夜四郎さんはさ、おたまちゃんの兄さんにしちゃあ、結構物騒だよなあ。聞いちゃだめだって言うけどよう、志乃屋の看板娘と侍の兄ちゃんってどういうことだい。気になるよ」

「色々と事情があるのですよ」

　夜四郎は眉尻を下げて笑顔を浮かべた。太兵衛は、嫌なら聞かないよう、とすぐに引っ込んだ。

「あーあ。いっそのこと、のっぺらぼうなんてこのまま消えちまえばいいのに。最初から現れてくんなきゃよかったんだ……のっぺらぼうのせいでよう、おいら散々さ」

　そう、ひどく疲れた声でぼやく。

「なんて言ったって、あの美成さんに怪我させたんだぜ。さっきも言ったけどさ、今回はまるきり怒っちゃなかったンだ。それがまた怖くってなあ。詫びようがねェもんよ……」

「はは、怒っても怒らなくても怖がられるとは美成先生もお可哀想なお方だ。しかし、あのとは、どの？」

「ええっ！　夜四郎さんはまさか美成さんのことを知らないのかい？」

「多少は知っていますが……まあ、知り合ったの自体、此度の件からですし……。そうだ、ちょうどいい機会です、太兵衛殿から見た美成先生を聞かせてくださいませんか。町の噂だと碌なものがありませんから」

夜四郎の視線が太兵衛に向けられた。

当然、以前たまにも聞かせたぐらいには美成について知っている。彼の言う手のひら返しだって理解できた。天才と称される兄弟たちの中で、彼だけが長く燻《くすぶ》っていたのだ。町を歩いて話を集めれば、『佐伯屋の天才絵師様』には褒める声と同じだけ、彼を嗤う声もあった。

美成は十で絵の道に進んだが、最初から飛びぬけて天才でもなければ、ひと筆で美しい絵を描いていたわけでも、人気があったわけでもない。幼い彼が情熱を見出したものが絵だった。それを描いている間だけ呼吸ができるような――おそらく、夜四郎にとっての剣のようなものだったのだろう。

――不出来とされていた子が、殻を破ったねえ。

――ようやっと、あの子も佐伯の名に恥じない人になった。

――三兄弟とも優秀で、佐伯屋さんもさぞ鼻が高かろうよ。

――出涸らしなんて誰が言ったかねェ。

――おまえじゃ、おまえじゃ、俺には最初からわかっていたとも。

――なんて素晴らしい、流石は佐伯屋の倅《せがれ》だ！

そんな声もあった。かつて嗤っていた人までも、「佐伯美成」の名前が売れてくると手のひらを返すが如く過分に褒めちぎっていた。

彼らはこぞって自分に都合のいい虚像を美成に見て、そのようにあれと美成に求める。外れれば詰《なじ》る。

その厭《いや》な視線は夜四郎にも覚えがあるものばかりだった。

満足に動かない身体、剣の腕以外はからきしで、喧嘩っ早い粗暴者。病気を理由に跡継は弟に譲って家は出たのだが、周りはずっと好き勝手に喚くままだった。

そういうものだと割り切っている。そういう役目だと知っている。しかし、煩わしいこともまた、知っていた。

――見てくれと、願った時には目もくれず。ようやくこちらを見たかと思えば、虚像にばかり追いすがる。

人はどこにいても変わらんな、と鼻で笑う。それが身近な存在である太兵衛もとなると随分と悲しい話だ。美成の孤独を埋められたのは一体誰なのだろうか。ややこなのか、愛しい娘か、それとも――

太兵衛は黙りこくった夜四郎に向けて胸を張ると、どんと叩いてみせた。

「おうよ！　弟分のおいらにかかりゃ、兄さんのことはなんでも教えてやれるぜ！」

そう無邪気に、得意げに笑う。

「佐伯美成っていやぁ、ご存知、絵の神に愛された天才絵師だね。やれ実家のコネだの、いけすかねえだなんだのと抜かす野郎もいるが――まァ、かつてのおいらもそうなんだけど――一度あの人の絵を見たらそんな台詞呑み込んじまうしかないんだ。とにかくこう、違うところでものを見ている人なんだ。後に残るのは尊敬と憧憬、それから恐怖、それだけだね。あの人は絵の神様みたいな人なんだよ」

「はて、恐怖と？」

「あの人の目に自分はどう映ってンだろうなあってさ、怖くなるんだ。圧倒的な才能にはさ、おいらなんて太刀打ちできねえから怖いに決まってらア。それに生まれも育ちも違うし、あの人は何もかも持っているじゃないか。住んでる世界から違うんだもん。考えてもみてくれよ、そんな人が兄弟子でいつも比べられるんだぜ。それに、兄さんももしかしたら凡人のおいらのことをよく思ってないんじゃないかってさ、嫌いなんじゃないかって、いつかいきなり見放されちまうかもなんて――ついついそんなことばかり頭を過ぎっちゃうンだ。そら、怖くもなるだろう？」

太兵衛が悲愴感をこれでもかと漂わせて呻いた。情けなく眉尻を下げているのは、自分で言った内容を想像してしまったからだろう。

「なにせ美成さんは佐伯屋のお坊ちゃんなんだ。いくら本人が縁を切ったのなんだの言ったって、肝心の佐伯屋にその気はないんだし、『佐伯屋の倅《せがれ》』って事実は変わらないよ。そんな人の機嫌を損ねてみろ――佐伯屋を敵に回す人なんざこの辺りにはいないだろ？　ううん、兄さんはまた違うかもしれないけど、町人としての話さ」

「まあ、言わんとすることはわかりますよ。後々面倒ですしね」

夜四郎は静かに首肯した。

「美成さんは家を出たがっているけどさ、最近だって若旦那がわざわざ自分で会いに来たりもしているくらいだよ。戻ってくる気はないのか——ってさ」

「そういった事情は初めて聞きました」

「あたぼうよ！　こう見えておいらはあの美成さんに一番近いところにいるのさ！　そういう事情はよく知って………あいや、待て、これ勝手に言ってよかったのかなあ？　ううん、叱られると怖いからな、おいらから聞いたとは美成さんには言わないでおくれよ」

「……わざわざ告げ口はしませんよ」

ゆるりと頭を振ってみせれば、太兵衛は安心しきったように肩の力を抜く。

陽気で、臆病で、お調子者。悪い人ではない。

しかし、と夜四郎は薄く笑みを浮かべた。

「太兵衛殿は、少しばかり佐伯美成という人間を買い被って見ているようだ」

「おいらが？」

「ええ。あの人は絵の神なんぞでなければ、佐伯屋の倅《せがれ》という枠の中だけに生きる人形でもない。悩みもするし、間違えもする――あなたと同じ、絵に生きる一人の人間ですよ」

「ううん、同じ、そうなのかなあ……。夜四郎さんもおいらと同じ立場で美成さんの絵を見たらわかると思うけどよう」

「素人ですから、絵については何とも。ただ、あの人は神なんかじゃない。私やあなたと同じように、この町に生きて朽ちていくだけだ。良くも悪くもね」

「おんなじかあ」

「窮屈なものなのですよ、他人の決めた枠組みに嵌められてしまうというのは」

憧憬、恐怖、羨望、そういった強い色眼鏡越しの景色の中で美成は生きてきたのだ。燻《くすぶ》っていた頃も、花開いた頃も、そうあれと求められてきた。それはさぞ疲れることだろうと、夜四郎はその痛みを想像できる。

佐伯美成の半生はよく知らないが、彼を形作った状況はよく知っている。

己を守るために、周りに冷たさをばら撒く、その冷たさが更に色眼鏡に余計な色をつける、色眼鏡を厭《いと》うて更に――そうやって「佐伯美成」を形作った。

夜四郎はそこでふと思い至る。

太兵衛の物足りなさ、嫉妬、羨望、何者でもないことへの焦り――そういった、ある意味純粋な思いが筆に乗り、歪んだ形で姿を成したモノがのっぺらぼうなのだ。

ついでにそれは、富も才もあるのに一番欲しいものが手に入らない欲しがり屋の美成を模してもいる。おそらく、それを拾い上げたのも美成自身で——不幸な偶然の重なりが、彼方《かなた》のものを此方《こなた》へと招いた。

一つ一つとしては普遍的な感情ではあるが、縒《よ》り合わされば変わった色の糸となる。物欲しそうで、寂しがりの、あやかしになることも、また。

——太兵衛殿の絵には色がないと言っていたが、なに、ちゃんと色はついているではないか。それがいいモノかは知らんが。

輪郭がわかれば、斬りやすい。先ほどはわからないと言ったが、夜四郎自身はまだのっぺらぼうは消えていないと踏んでいた。すぐに姿を現す。渇きは無視はできないものだから、一度奪ったものを吐き出したそれが、いつまで大人しくしているか。

今いないのは、隠れているか、隠されているか。

美成に話を聞きに行かねばならない、と夜四郎は心に決める。鍵を握っているのは彼だという確信があった。

匿われているとして、のっぺらぼうがなぜ大人しく従っているかはわからないが……

夜四郎は太兵衛に向き直った。

「時に、太兵衛殿」

「な、なんだい？」

「のっぺらぼうを描く時、あなたは何を思いましたか」

「何って――」

「あなたはあれに何を託したか、ですよ」

夜四郎は繰り返す。何を思い、あれを描いたのか――大凡《おおよそ》、予測はついている。

「そ、そりゃ、ちょっとは愚痴を吐いたかもしれねえけどよう、託したとかは……」

それなら、と夜四郎は問いを変えた。

「なぜあれに美成殿の姿を描かれたのですか」

「それはおたまちゃんにも言った通り憧れていたんだよ。絵も上手くて格好良くて、できたらいつか並び立ちたくてサ。好きなものを描くンだったら……って、気がついたら、おいら兄さんを描いていたんだ」

「なぜ最後まで――顔を描かなかったのですか」

「それは……勝手に描くわけにいかないじゃないか。それに、あんまりしっくり来ない気がしたんだよう。よくよく考えたら美成兄さんの姿絵を描くでもなし、勝手に顔まで借りちゃあ申し訳ないじゃない。そうなると、どんな顔してンのか一向に見えなくなっちまって」

太兵衛は指先を擦り合わせて、口を尖らせた。

「あれはある種、あなたから見た美成殿の形であるのですね」

「……そ、そうなるのかい……？」

太兵衛は訳がわからないとばかりに頭を振ってみせた。

「でも、あいつはどっちかってェと、おいらなんだよ。目立った名前もなくて、顔もなくて、誰にもなれないおいら自身なのさ。名前も立場もある兄さんなんかじゃとてもないよ」

中途半端だよ、と太兵衛は言った。

その通り、中途半端な存在だと夜四郎も思った。しかし佐伯美成になりたいという、太兵衛の思いが生み出したあやかし——それに呼応したのは、太兵衛ではなく、おそらく美成の方だ。

「のっぺらぼうがまた現れたのなら——斬りましょう。ただ一つ、不慣れなおせっかいを焼くとするならば……あなたはきちんと美成先生と向き合うことをお勧めしますよ」

ぽかん、と呆ける太兵衛に夜四郎はじっと視線を注いだ。

「お嫌いではないのでしょう。美成先生のこと」

「嫌いなわけねえよ！」

太兵衛は勢いよく首を振った。

「確かにおっかないけど、嫌いなわけあるもんか。……でも、でも、おいらのせいで兄さんに怪我もさせたんじゃあ、そう思われちまうよな。みんなにも迷惑をかけるしさ、おいらだっていい迷惑だ……あんなつまんない絵、描かなきゃよかったんだよ。のっぺらぼうなんて出てこなきゃよかったんだ。そうしたら――」

そう言い放ったのと、戸が引き開けられたのはほとんど同時だった。

ぬるい風が吹き込む。

そこに立っているのは美成だ。厳しい目をして、責めるように、どこか泣きだしそうに、太兵衛を見下ろしている。

その背後から、おずおずと顔を出した小さな少女は、夜四郎の姿を認めると、ぱあっと顔を輝かせた。

「夜四郎さま！」

「おたま」

夜四郎は驚いて来訪者を迎えた。

「太兵衛さんは、美成先生の思うよりもずっと、先生のことが好きですよ」

太兵衛の長屋への道中で、たまは呟いた。

きっとわかり合えない、平行線なんだ——そう自嘲した美成に向けてだ。誇張でもなく、慰めでもない。

——そりゃあ、太兵衛さん、不必要にびくびくしているし、卑屈になったりするけれど。それでも、美成さんのことは嫌いじゃないんだわ。

太兵衛は感情豊かなお調子者で、剽軽《ひょうきん》で、嘘がつけない分、色々な感情がごちゃごちゃになってわかりにくい。美成は美成で、つんとした表情の下に隠し事をするから、またわかりにくい。二人とも正反対で、それでもどこか似ているとたまは感じていた。

美成は微笑んだ。

「優しいんだねえ、おたまさんは。でも、本当にそうならあいつが自分の言葉でそう言うべきだし、行動でそう示すべきなんだ。私《あたし》も人に言えたことじゃあないけどねえ」

太兵衛の元へ行くにあたって、たまは長屋にも同行することを申し出た。また喧嘩にならないか心配という気持ちもあったが、やはり、先ほど視界を掠めたなにかが気になって仕方がない。

——たまが見つけさえすれば、夜四郎さまにお任せできる。

そういう魂胆だった。知ってか知らずか、美成は二つ返事で承諾した。

「私《あたし》はね、江戸を離れるつもりなんだよ」

彼は不意にそんなことを言い出した。

「え？」

たまは驚いて顔を上げた。

「一緒に旅をしたい奴ができてねえ。二人で色んな景色を見に行くんだ。旅先からさ、夜四郎さんとおたまさんにも便りを出すよ」

「どちらに行かれるのですか」

寂しいです、と眉尻を下げたたまを見て、美成はくすくすと笑う。

「やだねえ、そんな顔をしなさんなよ。ま、嬉しいもんだ、惜しんでくれる人がいるってのはさ。場所は決めていないけど、まずは上方かなア。なあに、太兵衛の奴が嫌になったとか、絵が嫌になったとか、そういうんじゃないよ。むしろさ、描きたいものがあるんだよ」

美成は荷物の包みを優しくあやすように叩きながら歩く。

和やかな雰囲気で歩いていた二人だったが、空気が変わったのは太兵衛の長屋に着いた後だった。

部屋の中から太兵衛の声が聞こえる。よくない話の流れだ、と嫌な予感を覚える。

たまは障子戸に手をかけながら、太兵衛さん――と呼びかけようとした。

「あんな絵、描かなきゃよかったんだ」

あんな絵、どんな絵？　太兵衛を悩ませているのは――

空気がさあっと変わった気がして、たまは美成を仰ぎ見た。彼の耳にも漏れた言葉は届いたらしく、美成は険しい目できゅっと口を引き結んだ。ちょいとごめんよ、とたまを軽く押しのけると、勢いよく戸を開け放つ。

――もう、どうしてこうなるの！

たまは泣きそうになりながら背後から部屋を覗き込む。あんぐりと口を開けて固まる太兵衛と、そして夜四郎と目が合った。

落ちた沈黙を破ったのは、夜四郎である。

「これはまた思いもよらない組み合わせですね。美成先生、怪我をされたと聞いていましたが、お元気そうでなによりです」

美成はちらりと夜四郎を見た。

「……まあね」

「腕の方はいかがですか」

「なんともないよ。それにしても、あんたがいるなんてねえ、なんていう巡り合わせなんだか。楽しいおしゃべりは今度にしようよ。用があるのは夜四郎さんじゃあないのさ」

「太兵衛殿に用事ですか。私どもは席を外しましょうか」

立ち上がった夜四郎は、失礼、と会釈をして外に出る。入れ替わりに美成が長屋の戸を潜った。

「いいさ、どうせすぐに済むよ。なあ、太兵衛」

「よ、美成兄さん……」

美成はひどく冷たい視線で太兵衛を見ていた。長屋の戸板一枚では会話は隠しきれない。だからこそ、たまはやるせない。その前に話していた言葉だって——美成を嫌いじゃないと言った言葉だって、届いてもよさそうなものなのに。

美成はのっぺらぼうのために怒っていた。

「なんだい、あんたは。一丁前に同情なんてしちまってさァ」

「よ、美成さん、なんのことだか」

ふん、と鼻を鳴らす。

「のっぺらぼうに、顔もない姿に、あんたがそう描いたんだろう。そのくせさ、迷惑だの、つまらないだの、中途半端な失敗作だの——随分偉そうに言うじゃない。あんた何様なんだよ」

そんなに勝手に失望を押し付けられちゃ、のっぺらぼうが怒って絵を飛び出していったのも当然だよ、と美成は声を震わせた。

たまからは背中しか見えないが、どんな表情をしているのかはわかる。

——なくな。

たまはハッとして辺りを見渡した。

声が聞こえた気がしたのだが、そんなはずはない。周囲に誰もいなければ、夜四郎にも聞こえていないようだった。気のせいか、はたまた、何かの思いを受け取ってしまったのか。

美成に詰《なじ》られて、太兵衛はしどろもどろに、それでも言葉を紡いだ。

「そ、それは、その言葉の綾だよう。何を描いても上手くいかなくて、何にもならなくって、それにあいつが動き出すって知っていたら、おいらだって……。で、でも誰かを傷つけようとは、本当に思ってなかったんだよう」

「裏にどんな意図があってもね、相手が受け取った形が答えになっちまうんだよ。どんな思いを込めようが、十割善意であろうが、受け取った側がそう感じなきゃ意味がないんだ。押し付けるなよ、あんたの思惑をさあ。その齟齬を対話で解決できりゃあいいが、あんたはそれすらできないだろうが」

包みをあやす美成の指先が速くなる。ずれ始めた布の隙間、そこに丸められた、掛け軸のような――

それが、揺らいだ。

たまは夜四郎の袖を掴む。ちらりと視線が落とされて、たまは無言で頷いた。

のっぺらぼうはそこにいる。

美成はちゃんと、ここまで連れて来ていた。

「闇雲に色づけしても、あんたの絵には色が、心がないって、こういうことなんだよ。あんたから受ける視線もそうだ。せっかくいい目を持ってンのに、噂だ何だに流されてふらふらふらふらと――一度くらいさ、真っ直ぐに目の前のことを見なよ。あんた自身の目でさ、ちゃんと見てよ」

美成は太兵衛を睨みつけて、太兵衛は視線を逸らして縮こまる。せっかく太兵衛も話をする気になって、美成も柔らかな雰囲気になりかけていたのに、すっかり元の様子になってしまっていた。

また揺らいだ。

美成の言葉の起伏に応じるように、その手の内にある何かが揺れる。

夜四郎が脇差に手をかけるが、人の密集するこの狭い空間では刀は抜けない。第一、顔は出していなくても周りの長屋連中はこの喧嘩を聞いているはずなのだ。変に騒ぎを大きくするわけにもいかない。

夜四郎は声を落として囁く。

「……いたのかい」

「あい」

「何処に」

「美成先生の、腕の中」

「また面倒な……」

やはりあの御仁が隠していたか、と夜四郎は一歩、長屋の中へ足を踏み入れた。出入り口を塞ぐ形になる。

「美成先生」

夜四郎が呼びかけると、陰りの中で、非難するように美成が振り返った。

「こそこそ内緒話は終わりかい。どうしたのさ」

「その手にあるものが気になりまして……見せていただけますか」

夜四郎は極めてにこやかに、手を伸ばした。美成の眉根に皺が刻まれる。

「嫌だね」

ぴしゃりとはね除けて、美成はたまを見た。小包をきつく抱き寄せる。

「……何を視たかは知らないけどね、こいつは関係ない」

「その絵は何の絵ですか。なぜ、あなたが持っているのでしょう」

「これが私《あたし》の絵だからさ。私《あたし》が続きを描くんだ。……あんたらには関係ないだろ」

嚙み付くように美成は唸った。彼の顔は翳《かげ》っていてよく見えなかった。

夜四郎は穏やかな表情のまま、美成を見つめていた。刀に手は掛けたまま、促す。

「それを手放してください。あなたの思うようなものではありませんよ――」

思うようなものって何、と美成は目を尖らせた。

「あんたの思うようなもんでもないかもしれないだろ」

「さて、どうでしょうね。私は彼方《かなた》のことなど知りませんから」

「やめとこうよ、今日は夜四郎さんと言い争うために来たんじゃない。あんたがいるってわかっていたら来なかった。……頼むから、頼むから、今は黙っていてくんないか」

美成の絞り出した声は懇願に近かった。夜四郎は頷きもせず、瞬きもせず、一歩だけ退がる。その視線は小包に注がれたままだった。

美成はすぐに夜四郎から顔を背けると、包みを己で隠すようにして、また太兵衛に向き直った。

「あんたさ、絵で何かを傷つけちゃいけないよ。そういう意図で描くならまた話は別だけどね、描いた絵にゃ、絵師の魂がこもるんだ。だから気をつけなっていつも言っているんじゃないか」

「……おいら、何も、傷つけちゃいないよ」

「そンならそれでいいさ。ただ、あんたが誰かを傷つける気持ちはなくて吐いた言葉も、それを悪意として拾っちまう奴もいる。拾っちまって、一人で傷つく奴もいる。全部に目を配るのは不可能でもさ、自身の周りに悪意をばら撒かないくらいはできるだろうよ。太兵衛、頼むよ」

美成は唇を噛んで、小さく。

——ああ、しくじった。

確かにそう呟いた。包みを強く抱く。声を震わせる。

こんな言葉を聞かせるために来たんじゃない。決別のために来た、しかし誰かを傷つけてまでするつもりはなかった。互いの領分というものを確認した上で、相容れぬ道を互いに見送りあって、それで新しい道を見出すために来た。

太兵衛は消え入りそうな声で、これまた小さく呟いた。

「……すんません」

「……何に対してなんだかわからないよ」

「おいら、兄さんを困らせたいとか、悲しませたいとか、そんなんじゃなかったんだ」

美成はちらとそんな太兵衛を一瞥する。

「……ねえ、あんたさ、無貌《むぼう》に——あの子に顔がないがどうのと言っていたけどさ、それの何がいけないのさ。あんたが描いたのっぺらぼうだって、無意味なもんじゃない、私《あたし》にとってはこれまでで一番いい絵さ。悔しいけど見惚れたもん。あんたの筆はいいもんを作ったと思ったさ」

「……兄さん、おいら」

「頼むから、勝手に他人の心を手前勝手に決めないでよ。私《あたし》も、あんたも、のっぺらぼうも、誰もつまらないなんてあるもんか」

美成は吐き捨てるように言った。

何かが小さく揺らめいて、彼の怒りに応える。

生まれる。

引き裂くような音を錯覚する。

わ、と叫んだのは誰だったか。

生ぬるい空気が揺らいで、美成が膨らんだ小包を取り落とした。

「だ、だめだ、無貌《むぼう》！　出てきちゃいけない！」

「おたま！」

鋭く空気が尖った。夜四郎はたまの手を引いて、庇うように背中に回す。太兵衛は部屋の奥で腰を抜かしてひっくり返っていた。

どうしてか、辺りの家は静まり返っていて、誰一人出てくる気配がなかった。どろりとした雲が天を覆っていた。空気が重くのしかかる。

異様な空気の中、異質なものが現れた。

真っ白い面を貼り付けた長躯の影――

のそりと土間に立つのはのっぺらぼうだ。背中を丸め、美成の背後から周囲を睨んでいる。ふしゅう、と息を吐く。声にならない声を漏らす。

疾い。

瞬きする間もなく、のっぺらぼうは美成を抱えたまま、長屋を飛び出していた。

「美成先生！」

「くそ！」

「に、兄さん！」

叫んだ声に、美成の声が重なる。美成を抱えた無貌《むぼう》が道の先でこちらを睨んでいた。

「ち、近寄らないどくれ！」

睨み合う。かちり、と金属の鳴る音を聞いた。

「よし、なり」

のっぺらぼうが、確かに言った。夜四郎が後ろ手でたまに退がるように指示をして、ゆっくりと刀を抜く。

「まもる」

のっぺらぼうが美成を抱き込む。美成も、のっぺらぼうを庇うようにしがみついていた。たまは驚いて、声を失う。

——守っているの？

夜四郎からのっぺらぼうを。周囲から美成を。

なぜ、とたまは思考を巡らせる。

「美成先生、いけない」

夜四郎はそのつるりとした表面をじっと見つめながら、刀を構えていた。

「それはよくないものです」

「放っといとくれ」

「できません」

「……頼むからさ、あんたが欲しいもんはなんでもやるからさ、私《あたし》とこの子は放っといておくれってば」

絞り出すような声に、夜四郎の眉間の皺は深まる。

「放っといておくれ、なあ、夜四郎さん。頼むよ、こいつは、私《あたし》なんだ」

「放てばいずれ人を襲います。それは人とは違う」

「奪ったものはちゃんと返したんじゃないか！　なあ、夜四郎さん、わかってくれよ」

吠える。

「この子は――名もない、顔もない化け物じゃないんだ！」

次の瞬間、のっぺらぼうが美成の意図をくんで駆け出した。

一気に加速する。

真っ先に動いたのは夜四郎だった。

「たま、太兵衛殿を連れて、いつもの場所へ行け！」

「あ、あい！」

たまは頷いて、転がっている太兵衛を引き起こす。その隙に、夜四郎は大股でのっぺらぼうに追いすがる。

湿っぽい空気の中を二つの影が疾走している。夜四郎は鋭く目の前の影を見据えていた。

「見逃してくれって！」

ずぶりと美成の身体が沈んでいく。のっぺらぼうに大きな口のような穴がぽっかりと開いて、そこから呑み込まれていく。

「美成先生！　そのまま呑まれるぞ！」

ひと跳びに距離を詰めた夜四郎が薙ぎ払った一閃を、のっぺらぼうは紙一重で躱した。

美成は夜四郎の切先を怯えた目で見て、悲鳴を押し殺して、低く唸った。

「あんたとは、うまくやれると思ったのに……」

美成は目だけでのっぺらぼうを見上げる。

なあ、無貌《むぼう》――声をかければ、のっぺらぼうは頷きで応えた。

「……声が欲しいンなら、顔が欲しいンなら、いいよ。私《あたし》のなにもかもをくれてやるよ。そんでさ、こんな町、離れちまえ」

諦め切ったその声を、無貌《むぼう》は喜んで受け入れた。

黒い影が膨らむ。

夜四郎が斬りかかるより速く、のっぺらぼうが美成を包み込む。のっぺらぼうの体は視界を覆うほどに膨れ上がって、腹の部分が大きく裂けて、美成を呑み込んだ。次の瞬間にはまた、人の形に戻っている。

相変わらずその顔には何もないままだ。

「美成殿！」

夜四郎が舌打ちをする。相手の胎《はら》には美成がいて、どこにどのように詰め込まれているかわからない。

斬ればいい、ただ斬ればいいだけだ。しかし、美成を斬るわけにもいかない。

――これではあまりに分が悪い。


美成を呑み込んだのっぺらぼうは、ぐんぐんと夜四郎を突き放した。

夜四郎は追うのを一度やめて立ちどまった。しばらく背中を追っていたが、のっぺらぼうは縦横無尽に町を駆け回ってはいるものの、あちらから何か仕掛けるつもりはないらしい。夜四郎から逃げているだけで、町から出る様子はない。

美成の言うように早く出ればよいものを、と思いかけて、眉根を寄せた。

――あれはまだ、太兵衛を探しているのか。

己を生み、定義づけた男を渇望している。

たまの逃げ足はいっとう速いが、太兵衛を連れてとなるとわからない。

頼むぞ、と心の中で祈る。さて、どこで待ち伏せたものか――と思考を巡らせたところ。

ガア、と大きく烏が鳴いて、夜四郎はハッとして曇天に目を凝らした。空から烏が下りてくる。

「おまえ、寺の」

なぜここに、と言いかけて、すぐに口を噤む。こいつが付き従うのは、ただ一人の少女に対してのみだ。

やはりと言うべきか、道の先に何かを抱えたたまが立っていた。息を切らして、夜四郎を見つけてほっとした面持ちになった。

「おたま！　太兵衛殿はどうしたんだ」

夜四郎は険しい顔のまま駆け寄った。

「た、太兵衛さんは、破《や》れ……えっと、いつもの場所に隠れてもらいました。から太も手伝ってくれて、すぐにはわからないと思います」

たまの腕にから太が収まる。たまはその背中を撫でながら、この子が夜四郎さまを見つけてくれたのです、と言った。

「安全な道を教えてくれたのです」

「信用できるのか」

夜四郎は烏を睨んだ。のっぺらぼうに、あやかし烏。こいつもたまを食うつもりかと睨めば、から太が夜四郎に体当たりしてきた。ガア、と威嚇するような声。

それを手であしらってから、夜四郎はたまの手元に視線を戻した。

のっぺらぼうが破れ寺《やでら》にたどり着くまで、どれくらい掛かるかはわからない。太兵衛が下手に動き回らないともわからないのだ。

ふと、夜四郎の目がたまの持っているものに向けられる。乱雑に丸められた布だ。

「それは？」

「太兵衛さんの小袖です」

「何をするつもりだ、おたま」

聞きながら、彼女のしそうなことだと思い至って、夜四郎はため息を吐いた。厳しい顔つきにたまは怯むが、きゅっと唇を引き結んで夜四郎に向き合った。

「太兵衛さんとお話ししたのです。きっと、町から出る前に、もう一度太兵衛さんのところへ来るんじゃないかしらって」

太兵衛は、破れ寺《やでら》の押し入れに丸まりながら、どうか美成を取り戻してほしいと頼んだ。

「頼む、囮《おとり》にでもなんにでもなる。あいつの顔だって、今度こそちゃんと描く。だからさ、美成兄さんを助けてくれよう。おいら、美成さんを苦しませたくはねえんだよ。今回だって、言わなくちゃなんねえことはたくさんあったのによう、このままにできねえよ」

涙ながらに頼まれた。だが、太兵衛のできることはここにはない。たまとて、できることは少ないが、このままにしたくはなかった。

――たまができることは、視ること、逃げること。

それならと、たまが提案したのだ。体格こそ大きく違うが、たまが太兵衛のふりをして誘き出せないかと――

たまにはから太がいて、相手の場所や進むべき道を示してくれる。たまも足はめっぽう速いから、きっと逃げ切れる。あやかしごとについては、不慣れな太兵衛よりも、たまの方が少しは慣れている。

夜四郎はしかめ面になった。

「危ないだろう」

「だ、大丈夫です。たまにはから太がいますし、のっぺらぼうよりもたまの方がうんとこの町を知っています」

「烏が信用に足るとしても、あまりに危険だ。おまえに怪我一つさせないと約束することができない」

「邪魔はしません。たま、きっと逃げきります。もし怪我をしたって、たまはこのまま黙って見ていたくはないのです」

お願い、と祈るように拳を握りしめる。美成にとって、のっぺらぼうは心地のいい揺り籠かもしれないとも考えた。それでも、とたまは頭を振った。

いつかの美成の顔が脳裏によぎる。

「夜四郎さまとたまは、正義の味方なんかじゃありません」

「知っている。その上で、あの人を引っ張り出したいんだろうよ、俺も、おまえさんも。身勝手に暴いて、身勝手に解く、そのために来た」

「太兵衛さんのお願いを最初に聞いたのはたまです。どうか、いさせてください」

から太が追従するように鳴いた。つくづく、たまには甘い烏である。

そして夜四郎自身もそうだ。

「……おたまの望むような結末にはならんよ。俺には斬ることしかできない。あの人が必死に隠したものをさ、手前勝手に紐解いて、手前勝手に壊すだけだ。優しい終わり方など、とても無理だ」

「わかっています。その上で夜四郎さまのお力を借りるので、同じです」

「小さいおまえと、大人の俺とじゃまた違うさ」

「……たまは、そんなに小さくありませぬ」

「俺よりはうんと小さいだろう」

「夜四郎さまが大きいのです」

たまは大袈裟に肩をすくめてみせた。

夜四郎はため息を重ねてから、わかった、と頷いた。

押し問答する時間もない。見つからないとなればこの町を去りかねない。あるいは執念を持って太兵衛を見つけ、害することだって有り得る。

——その前に、討つ。

夜四郎はから太を見る。

「おい、烏、おまえの手を借りたい。のっぺらぼうを見つけて、おたまを守れ——いいか。上手くやれば、褒美をやる」

から太は首を傾げて、たまを見た。

「から太、危ないことを頼んでごめんね」

「ガアァ」

それでわかったのか、わかっていないのか。双眸《そうぼう》はじっと夜四郎を捉える。

から太は鳴いて、ばさりと飛び上がった。たまの頭上を旋回してから、ひと鳴きして飛び始めた。たまは慌てて太兵衛の小袖を肩にかけて、紐で乱雑に結ぶ。

どう見ても太兵衛には見えないし、太兵衛の小袖は美成のそれと違ってありふれたものだ。上手く罠にかかるかはわからない。

「破《や》れ寺《でら》へ行く」

「あい、夜四郎さま」

たまはしっかりと頷いて、袂《たもと》を握りしめた。大丈夫、大丈夫、と言い聞かせる。

幼い頃から、駆け回るのは得意なのだから。

◆◇◆

あの晩、のっぺらぼうのことを美成は「無貌《むぼう》」と名付けた。「名前がないと困るよねえ」と、しかし妙案も浮かばずに零れ落ちた言葉。取ってつけたような名前だが、意外にも、のっぺらぼうはこれを喜んでいた。何者でもない彼を、この世と縁結ぶ、何にも代えがたい贈り物だった。

捨てられていた己を最初に拾った男。

名を与え、物を教え、居場所を与えようとしてくれた男。

無貌《むぼう》は渇いていた。

人とあやかし、同じようには生きられない。永くを共には在れない。ならば、取り込んでしまえばいいのだと無貌《むぼう》は考えた。そうすれば、永劫に美成は無貌《むぼう》のものとなる。

逃げろと言われたとおり、最初は夜四郎から逃げた。まともに遣り合って得のある相手とも思えない。

ただ、一つだけ気掛かりがあるとするならば。

「たへえ」

あいつだけは、どうしても許せない。二度も見逃したのだ、今度こそ、捕まえてやる。美成を苦しめる、己《おれ》を生み出した、あの男を最後に斬ってやる——

あいつを斬ってから、言われた通りにこの土地を捨てればいいと無貌《むぼう》は考えた。

美成は顔をくれると言った。何もかもをくれると言った。そうすれば、いずれ渇きも治まる……

無貌《むぼう》は夜の町を駆け回る。

あの男は途中で追うのを諦めたのか、気配が消えていた。それならそれでいい。太兵衛はどこにいるか、あの珍妙な目を持つ小娘はどこにあれを隠した、と思考を巡らせていると、頭上で烏が鋭く鳴いた。

通りの先に目を向ける。人が立っているのが見える。まさかあやかし斬りのあの男か——否、いやに小さい。それにあの臭いは見知ったものだ。憎いもののそれだ。

怒りに目が曇る。

「たへえ！」

その人影は、弾かれるように走り出した。無貌《むぼう》はそれを追う。距離はぐんぐん縮まっていく。

「きゃあ！」

太兵衛にしては声が高い。転がるように、町の隙間をすり抜けるように、太兵衛は素早く駆け抜ける。

無貌《むぼう》は辺りの物にぶつかりながら、抜き放った刀をゆらりと構えた。届くかはわからないが、斬らねばという思いだけが沸き上がって、体中を支配する。

刀を振り上げた瞬間、鈍い衝撃が無貌《むぼう》を襲った。烏だ。その嘴《くちばし》が無貌《むぼう》を抉り、無《む》貌《ぼう》は姿勢を崩した。その隙にも小さな背中はぐんぐん離れていく。

この烏が、己と同じ側に在るものだとはすぐにわかった。己とどこか似た、饐《す》えた——彼方《かなた》の臭いがするのだ。

——なぜだ、おまえも己《おれ》と同じだろう！

——邪魔だ、美成を落としたらどうしてくれる……！

怒りに任せて斬り払うが、烏は小馬鹿にするように鳴いて、すり抜けた。

邪魔な烏を振り払うように、また走り出す。

しとしとと、柔らかな雨が降り始めていた。細い雨粒が小袖を濡らす。濡れた土を踏む音と、たまに吹く風が時々からりころりとその辺の物を鳴らすばかりである。

逃げる背中を追い回すうちに、景色が変わる。橋を跳ぶように渡って、あるのは廃れた建物一つ。その違和感に、無貌《むぼう》は立ち止まった。

いつの間にか廃れた寺の境内に誘い込まれていた。

その先に、男が立っている。

見た顔だった。太兵衛が雇ったというあやかし斬りの無法者、夜四郎。無貌《むぼう》は手に力を込めた。

ここに太兵衛を隠していたのか、怒りで在りもしない双眸《そうぼう》が曇る。

「たへえ、どこだ」

低い声が地を這う。

「さあな、いっそその胎《はら》ン中の御仁と交換しようか？」

夜四郎の声に、体の奥底を掴まれるような錯覚を覚えて咄嗟に跳び退いた。遅れて目の前に銀色の軌跡が走って、小袖が僅かに裂けて、刀を抜かれたのだと気がついた。次いだ一撃を払いのけて、更に後ろに跳ぶ。腕にはじんじんと不快な痺れが残っていた。

「よしなり」

無貌《むぼう》はその表面を歪ませた。

「うぼう、のか」

夜四郎は意地悪く笑う。

「人聞きの悪い。返してもらうだけだ」

刹那に夜四郎が跳んでいた。瞬きの間に目の前に迫り、峰でのっぺらぼうの胴体を打ち据えた。ぐにゃりと、異様な手ごたえとともに、身体の表面にうっすらと裂け目が走る。

無貌《むぼう》は焦る。美成を守らねばならない。太兵衛を斬らねば治まらない。

捌

——戦いにくい。

先に太兵衛を別の場所に移しておいて正解だった。境内の隅にはたまが隠れている。相手の胎《はら》には美成が隠れている。夜四郎はじりじりとにらみ合いながら、考える。斬れないわけではない。しかし、どれも当たりが甘い。薄皮一枚を剥ぎ取るようだ。

「いたい！」

その上、叫んだ声は美成のものだった。たまが耳を塞いで縮こまる。

夜四郎は舌打ちして、しかしそのまま斬り上げる。やはり手応えはない。のっぺらぼうはたたらを踏んで、じっと夜四郎の動きを顔ごと追う。目もないくせに、厭《いや》な視線だ、と夜四郎は吐き捨てる。

——これに同調したか、佐伯美成！

佐伯美成という役《かお》に縛られた男と、なんの役《かお》も持たないのっぺらぼう。似ているようで、似ていない。

「美成先生、聞こえているんだろう！」

答えがあるとは最初《ハナ》から思っていないが、呼びかける。

のっぺらぼうと美成に縛りついたものが何かは見えないが、よほど雁字搦《がんじがら》めになっているらしい。

「あんたは、こいつを本物の化け物にしたいのか！」

案の定、美成は答えない。代わりに、のっぺらぼうが喚いた。

「だまれ！　きくな！」

刀身が閃いて、空気を薙ぐ。夜四郎は横に受け流した。このあやかしは存外疾く、剣を振るうことにも慣れていた。

のっぺらぼうは一瞬の隙で影に溶け込む。そうかと思えば背後から現れる。いつ逃げ出されるかわからないからこそ力を入れすぎても、抜きすぎてもいけない。

のっぺらぼうはそれこそ煙のように、ぬるりぬるりとすんでのところで避ける。暗がりを上手く利用して、目の錯覚なのか、目で見た距離感よりももう少しだけ遠いところに奴はいるのだろう。その距離感を夜四郎はずっと測っている。

突く、斬る、避ける、受ける。

動き自体は単調だ。打つ力も重みも脅威ではない。

鋭く風が鳴って、夜四郎は真一文字に刀を走らせた。それは身を反転して避けられ、返す刀はより深く走らせる。のっぺらぼうは衣を裂いたそれを掠めて避ける。煙を相手にしているようなそこに目を向ける。

——斬れる。だが、美成殿を斬るわけにはいかない。

しかし、いつまでもこうしていては埒が明かない。夜四郎は一足飛びに距離を詰めた。下段からの逆袈裟に斬り上げる。幾重にも重なる紗を斬るように、のっぺらぼうの表面を削っていた。薄皮一枚のその下に、探し人は見えない。

「おのれ、おのれ、わたす、ものか！　おれの、よしなり、みるな、とるな……！」

のっぺらぼうはぼろぼろと言葉を吐き出し、隠すように自身を掻き抱く。眼のない面が夜四郎を睨みつける。やめろと乞う声は震えていた。

「よしなりは、まもる」

のっぺらぼうとしては、美成が結局顔をくれなくても構わないと思っていた。永遠に共にいてくれるのなら、それでよかった。

渇きは収まらない——そもそもが渇きから生まれたのだ。きっと永遠に満たされることはない。

「よしなり」

誰なのか判ずる顔がなくても、美成は名を呼んで、その存在を受け入れてくれた。この男と一緒にいたのなら、あるいはいずれ渇きも満たされるのではと、このあやかしは期待していた。

夜四郎の目が鋭く尖る。

「太兵衛殿か、美成殿か、一つに決めたらどうだ。中途半端に追えばどちらも逃がすぞ」

カッとのっぺらぼうが頭を膨らませた。怒りが膨らむ。

「おまえは、ゆるさない、たへえ！」

夜四郎は喚くのっぺらぼうを一瞥する。剣筋は乱れ、いなす必要もない。

「よしなりを、己《おれ》を、よくも……！」

「あんたを、あんたらを真っ当に見もしない連中が――ああ、憎かろうともさ」

身勝手に推し量られて、品評されて、比較されて、見もしないのに無価値と烙印を押して、そんなことは世の常だ。己自身ですら自己を過大に過小に見誤る。身勝手な憶測に、分別ない期待に、応える義理などないのに――

誰も彼もが複雑に絡まっている。

「そんなもの、縋らずに捨てちまえばよかったんだ」

夜四郎は吐き捨てた。

最初にのっぺらぼうと出会ったのが美成であれば。もしくは美成が幼い頃に出会っていれば、何か変わっていたかもしれない。

美成は一人の友人として、のっぺらぼうを求めていた。のっぺらぼうも、そうだ。どこぞの倅《せがれ》でもなく、著名な絵師でもなく、ただ美成を求めている。他の誰が何と言っても、傍らにいて己を見てくれる存在がいれば、また結末も変わっただろう。

だが、そうはならなかった。のっぺらぼうは己の渇きを癒やすために人を襲っている。そうなった以上、逃すつもりはない。

「もしも」

のっぺらぼうも呻いた。

「仮定の話になどなんの意味があるものか」

言葉を重ねて夜四郎は刀を不意に突き出した。のっぺらぼうがそれを受けるために姿勢をとった瞬間、それを手放して、すかさず脇差を抜き放つ。膝を折っての低い一閃。

侍が刀を捨てるなど――たたらを踏んだのっぺらぼうの腹に薄く真一文字の線が走っていた。殺すつもりはない、確認するための一閃。

斬り裂いた隙間。黒々と闇が蜷局《とぐろ》を巻いた胎《はら》の中には、何もいない。

舌打ちをして、どこだ、と思考を巡らせる。このあやかしは美成を何処に隠した、まさか消し去りはしまい、と目を凝らす。

　のっぺらぼうが言葉にならない雄叫びを上げて、跳ぶ。

「わたす、ものか！　よしなり、だけは、わたさない！」

　夜四郎を飛び越して、奥に潜んでいたたまをも飛び越して、着地する。一瞬だけ迷う素振りを見せたが、既に逃げに転じていた。

「くそ！」

「夜四郎さま！　待って！」

　一人駆け出しかけた夜四郎の前に、たまが転がり出てくる。夜四郎は「なんだ」と声だけ向けた。

「美成先生を見つけられれば、いいのですか」

「ああ。だが、逃げられた」

「のっぺらぼうのことは、から太ならすぐに見つけられます」

　そうか、と夜四郎は迷う素振りもなくたまを抱えた。

「……時間が惜しい。すまんが、ちと我慢してくれ」

「あ、あい！」

「どっちだ」

「あ、あっち！」

夜四郎が地面を蹴る。から太が飛び上がって、ガアと鳴いた。

逃げ出した無貌《むぼう》を、夜四郎はたまを抱えて、から太は上空を滑空する形で追う。次で仕留めねばならない。

「追いつけたら斬るのですか」

「此方《こなた》との繋がりさえ見られればな。俺に斬れないものはないさ」

首を傾げるたまに、夜四郎は言葉を重ねた。

「今のまま斬っても構わないが、浅いところで逃げられる。此方《こなた》に居座られてもどうなるかわからないが、美成殿を連れて彼方《かなた》に逃げ切られちゃ、俺らにゃ手出しできない」

「繋がり……」

「まだ縁はか細い。描かれた紙でも、名でも、なにかあいつを此方《こなた》に縛って縁付けているものがわかれば、奴の深いところに斬り込める……が、それでは……」

夜四郎は思案するように言い淀む。

「――むぼう……」

代わりに零れたのはたまの声だった。夜四郎の目がたまに向く。たまは必死に記憶を手繰《たぐ》り寄せていた。

「多分、むぼうです。あのあやかしの名前は、きっと」

長屋で出てきたあやかしに、美成はそう呼びかけていた。思えばその前にも――美成の家でも同じ言葉を聞いていた。

「……そっか、お見舞いの時に聞いた時も、むぼうって、あの子に呼び掛けていたんだわ」

それを聞いて、夜四郎は苦虫を噛み潰したような顔になる。

「顔を持たぬから、無貌《むぼう》か。美成先生は早速名をつけていたのかい。そんでもって、あれを守ろうと、自分の身までくれてやったと……そりゃあ執着もされるだろうよ」

名前は縛りだ。その存在を定義付け、此方《こなた》に縛り付ける祝福であり、呪いだ。人とあやかし、生きる世が異なる以上、不用意な縛りは足枷となる。雁字《がんじ》搦《がら》めに苦しんで、その時にどんな災いを齎《もたら》すか――彼方《かなた》のものに此方《こなた》の名を与えることは褒められた行為ではない。　たまはおろおろと視線を彷徨《さまよ》わせた。

「夜四郎さま、無貌《むぼう》さんのこと、斬れますか？」

「うん。だが……俺には、美成殿と無貌《むぼう》との境界線が視えない。追いついても、美成殿ごと斬ってしまいそうで――」

「たまには視えます！」

たまははっきりと言った。最初こそぼやけていたが、今はわかる。無貌《むぼう》がどのように美成を隠しているか。そこだけ周囲と違う映り方を見せていた。揺れて揺らいで、その境界線の形がたまにはハッキリと視えていた。

「ぼやけるけど、無貌《むぼう》さんと美成先生の境界線、視えます」

夜四郎は追う速度を緩め、たまと目を合わせる。

「端的に、どこかを教えられるか」

「あい。で、でも、ずっとあちこちに、移動させているのです、身体の中で」

「面倒だな……」

夜四郎ははっきりと舌打ちした。いると思って斬ったところにいない、いないと思って斬ったところにいる、そうなれば手出しもできないだろうとあのあやかしは踏んだのか。

「それで、どうする」

「どうしてか、無貌《むぼう》さんが先生を移動させるのが、段々とゆっくりになってきているんです。最初は喋るよりもうんと早くぐるぐるしていたのが……だから、目印をつけてもらうのです」

たまは袂《たもと》から手拭いを出した。

「から太！」

差し出したそれをから太は器用に咥えて、そのまま舞い上がる。

娘一人抱えたままだと言うのに、夜四郎は顔色一つ変えずに走っていた。たまがあっち、こっち、と近道を指示して、から太の影を追う。

ガア、と一声鳴いたから太が、急降下した。次いで、喚く声が聞こえてくる。から太が足止めをしているのだと、夜四郎にもわかった。

「あの烏……」

「から太が、任せてと言ってくれたのです。お寺の隅っこで、美成先生のこと、境界線のこと、話して。どうやって目印をつけるか、一緒に考えました」

「話せるのか？　あれと？」

「から太は、たまの言葉がわかるみたいなので……いろはうたを地面に書いたら、嘴《くちばし》でつついて――のっぺらぼうを止めてやるって。から太はうんと強いからって」

たまは事もなげに、利口ですね、と言うのだが、夜四郎は眉間に皺を寄せた。

たまの言葉を聞き、その願いを叶えるべく動く烏。それを無垢に信頼している少女。

「……なんなんだろうな」

――おまえも、あの烏も。

続けそうになった言葉は呑み込んで、夜四郎は「なんにせよ助かる」と呟いて角を曲がった。途中でたまを下ろす。

「いいか、いざとなればなにもかも置いて逃げるんだ。約束してくれ」

「あい、お気をつけて」

たまは祈るように両手を組んだ。

夜四郎が無貌《むぼう》に追いつく。から太が高く舞い上がり、入れ替わりに夜四郎が滑り込んでいく。

無貌《むぼう》は吼えた。

あやかし烏を従えた妙な少女に、あやかしに近しい侍に、誰も彼もが邪魔をする。

「じゃまを、するな！」

無貌《むぼう》はすぐに攻撃に転じていた。

夜四郎に向け一足跳びに斬りかかると、無貌《むぼう》は上段から刀を振るった。夜四郎はそれを難なく避け、薙ぎ払った一閃をも紙一重に避ける。無貌《むぼう》が闇雲に振り回した刃を弾き返す。

夜四郎は細かく呼吸をとって闇の中に踏み込んでいた。美成に配慮してか、いささか浅過ぎる斬撃を無貌《むぼう》はぬるりぬるりと躱す。辺りが開けて、影がなくなる。一進一退、どちらも相手に刃は届かない。

夜四郎は美成を奪う機会を待っている。

無貌《むぼう》は美成と逃げる機会を窺っている。

夜四郎は目を凝らしていた。じっと無貌《むぼう》の動きを見つめる。大切に抱えた何かを庇うその動きを、待つ。

一刀、ずれる。まだ。

二刀、ぶれる。まだだ。

三刀、揺れる……。

「視えた！」

遠くで声がして、重ねるように烏が鳴いた。天水桶《てんすいおけ》に急降下した烏が、濡れそぼった手拭いを咥えて器用に無貌《むぼう》の肩口に飛び掛かる。腕に巻き付くそれは、たまの示した切り取り線だ。

夜四郎はすかさず踏み込んでいた。無貌《むぼう》が姿勢を崩すところに刀を返し、その背中に回り込む。やや乱暴に、無理やり刀を振り上げた。

夜四郎の刀がのっぺらぼうの身体を抉った。

紙を割くように走ったその軌跡の隙間に、今度は真一文字に二の太刀を薄く走らせる。影がぶわりと広がって、視界を覆うばかりに膨らんだ。

「美成先生！」

斬りつけた無貌《むぼう》の肩口――そこから広がる闇に、夜四郎は躊躇なく手を突っ込んだ。ずぶりと厭《いや》な感触の中、薄っぺらい、けれども底なしの影に沈みかけたその人の腕を掴んで、反動をつけて一気に引きずり出す。

悲鳴が響き渡る。

抗うように身を捻った無貌《むぼう》を、夜四郎は乱暴に蹴り飛ばした。

「美成先生！　起きる時間だ！」

どうやってそんな狭い場所にしまっていたのか――無貌《むぼう》の煙のようにまき散らされていた肩口が、瞬く間に元の形に戻っていく。

「いやだ、いやだ、よしなり！」

無貌《むぼう》が身を捩って悲痛な叫びをあげた。

「美成殿！」

もう一度、夜四郎が鋭く呼んだ。

引きずり出された美成は、げほげほと咳込んで、薄く瞼を持ち上げた。空気に喘ぐ魚のように、ぱくぱくと呼吸を浅く繰り返す。虚ろな視線が無貌《むぼう》を捉えて、夜四郎に向けられた。

夜四郎は美成を背に隠すようにして無貌《むぼう》に向き合っていた。なんで、と絞り出すような声が背中を刺す。

「なんで、なんであんたらは、今になって、要らぬ節介を焼くんだ……」

美成は泣いていた。

「放っといてくれって……頼んだじゃないか……」

玖

風が吹き抜ける。いつの間にか、小雨は止んでいた。

「無貌《むぼう》」

夜四郎が名を呼んだ。下段に刀を構え、見据える。

斬るべき場所。無貌《むぼう》をのっぺらぼうたらしめているもの。何も描かれていないその面――

美成を引き摺り出し、名を暴き、その縁は揺らいだ。刀はもう届く。

「美成殿」

夜四郎は振り向きもせずに声を掛けた。

「あの子を、おたまのことを頼んでもよろしいですか」

「……そんならさ、こんなところまで、連れてくるんじゃないよ」

弱々しい声で美成が啜り泣く。

「ねえ、放っといてくれと言ったじゃないか。私《あたし》と無貌《むぼう》の話じゃないか」

「生憎と、そうもいかないのですよ。無貌《むぼう》は人を襲った。そして、未だ襲う意思があるのなら、ここで止めねばなりません」

「……私《あたし》らは、二人でいられたら、それでよかったのに。多くを望んじゃいないだろ」

「ならば、美成殿。今ここで私を止めることです。私が斃《たお》れれば、追う者はいませんよ」

夜四郎は無感情に言い放つ。視線だけが、ほんの一瞬美成に向けられた。

美成は目を逸らす。袴に伸ばした手は、踏み出した一歩で躱される。

じりじりと、二つの影が近づいていく。

無貌《むぼう》も泣いていた。そっと物陰から頭を出したたまにもわかった。のっぺらぼうに、涙を流す眼はどこにもない。だけど、泣いている。いくな、いくなと呻いていた。

「一緒にいてくれなかったじゃないか……私《あたし》らが苦しい時、あんたらはいなかった……無貌《むぼう》が泣いていた時だって、誰もいなかったじゃないか」

夜四郎が踏み込む。斬り上げたそれを、無貌《むぼう》は弾いた。無貌《むぼう》がすぐに持ち替えて斬り下ろすのを、今度は夜四郎が身を捻って避ける。

「よしなりを！　うばうな！」

無貌《むぼう》の叫びが空気を揺らす。美成は這うように二人へと近づく。

「もうやめようよ……夜四郎さんも、無貌《むぼう》も、やめてよお」

夜四郎は無貌《むぼう》の腹を蹴飛ばして、短く息を吐いた。

夜四郎とて、遊びで斬っているわけではない。美成の気持ちも、無貌《むぼう》の渇きも感じ取ることはできる。

それでも、斬らねばならない。

風が唸る。月明かりを跳ねさせて煌めく剣戟に、じわじわと無貌《むぼう》は追い詰められていた。十分に、二人が離れたことを見て、たまは美成に駆け寄った。

「美成先生！　危ないです！　隠れませんと」

腕を引っ張って、どうにか物陰に引きずり込む。

ちら、と虚ろな目を向けて、美成は弱々しく頭を振った。

「……なんのことだか。ちっとも危険なもんか。だって、おたまさん、あの子は一度だって私《あたし》を傷つけなかったんだよ。怪我をしたのだって私《あたし》が自分でしたことだ。そうすれば、世間の目は他所に向くだろうってさあ――」

結局あんたらに見つかったけどね、と美成は苦しそうに吐き出す。

「美成先生……」

「ああ、ああ、わかっているさ！　あの子が何も知らなかったって誰かを傷つけちゃ、勝手に奪っちゃあ許されやしないよ！　無貌《むぼう》は確かに人とは違うあやかしさ。それでもさ……わかっていても、やっぱり感じるものはあるだろうがよ」

たまは嗚呼、と唇を引き結んだ。

「……私《あたし》はただ、あの子を救いたかったんだ」

美成もきつく目を閉じていた。絞り出される声が震える。

もう後がないのは見て取れた。無貌《むぼう》の動きが明らかに鈍っていた。

「あんたらはね、正義の味方かもしれない。世間を騒がせた辻斬りと、愚かな絵師を懲らしめるんだもの」

「違います、たまたちは、違うのです」

「ううん、違わないんだ」

美成は震える声で続けた。

「でもさ……おたまさん。頭でわかっているのと、心で納得するのはまた、違う話なんだよ」

たまたちが正義の味方なら、きっと美成にこんな気持ちはさせなかったのに。

——視えているのに、なにも見えなかった。

そのあやかしがどう在るものであるかも。二人の間に芽生えたものも。どうすればいいのかも。

美成は恨めし気にたまを見上げていた。目を逸らすな、とたまは怯みながらも受け止める。

「あんたは、なんでこんなことをしているの。恨まれることだって、苦しいことだってあるだろうに」

「たまは――知りたいからです。ずっと忘れたくないから」

「なにを」

「あやかしをです、先生」

大切な人があやかしに転じたとき、たまは無力だった。何も知らず、あやかしも怖いものとしか知らなかった。その心がわからなかった。故に、取りこぼした。

「何もわからないから、たまは知りたいと思います。いつか、あやかしも助けられるように、あやかし手帖を作るのです」

言い切って、たまは眉根を寄せた。

今回もまた、すり抜けるものは多い。たまだけではどうにもできなかった。夜四郎とから太がいて、どうにかしてもらっているだけ。

美成はそうかい、と力なく笑った。そんならあいつも助けてやって欲しかった、と囁く。咄嗟に謝るたまを手で制して、力なく項垂れた。

「……謝んないでよ。胸を張っていてくれなきゃ、こっちが惨めになるだろ。あんたを責めたいんじゃない。本当はさ、今だって、私《あたし》は……私《あたし》があの子に駆け寄ってやるべきだったのに。抱きしめて、この身体で楯になってやらなきゃいけなかったのに」

肩を震わせる美成の顔が見えない。

「大切な存在《かた》だったのですね。無貌《むぼう》さんは、美成先生にとって」

「うん」

美成は噛みしめるように答え、頷いた。

「たま！」

不意に夜四郎の声が鋭く響いて、たまは驚いて顔を跳ね上げた。から太が喚いて滑空するのを目の端に捉える。大きな影が月明りを遮っていた。視界がぶれる。たまは驚いたそのまま、固まって動けない。

無貌《むぼう》はあっさりと夜四郎との対峙を放棄していた。咄嗟に斬りかかる夜四郎を飛越して、無貌《むぼう》は最後の力を込める。

瞳に燃えるのは憎しみだった。まっさらな顔は、ただ、たまだけを見据えている。

「うばう、なら」

無貌《むぼう》は、から太がたまの前に割って入ったのも気に留めない。諸共斬ってやる、と低い声が地を這った。

「うばわれれば、いい！」

叫ぶ無貌《むぼう》の背中に夜四郎が迫る。間に合わない。鈍く月光を反射させて、無貌《むぼう》の剣が振り下ろされる。

刹那。

「無貌《むぼう》！」

すんでのところでたまと無貌《むぼう》の間に、足を縺れさせながら転がり込んだのは、美成だった。無貌《むぼう》の剣は行き場を失って、無理な姿勢のまま地面に転がる。縋り付くような声に、無貌《むぼう》は不安そうに零した。

「よし、なり」

「だめだ、もう、誰も斬っちゃだめだ！」

「なぜ、とめる」

無貌《むぼう》がよろよろと立ち上がる。顔はまだ、たまを見据えている。

あれだけでも、最後に奪えたのなら。太兵衛にも夜四郎にも一矢報いてやれる。美成を苦しめる世界から、邪魔なものを一つ消せるのにと、無貌《むぼう》は思っている。

「己《おれ》は、よしなり、のために」

「そんなの余計にだめだ。だめだよ、私《あたし》なんかのために、あんたが誰かを傷つけるのたまに手を伸ばそうとしていた無貌《むぼう》が、その悲痛な響きを耳にして、はたと動きを止めた。困惑したように、しかし真っ直ぐに美成を見る。

夜四郎がその背中に向けて踏み込む。

鋭い風切り音がして、無貌《むぼう》がよろめいた。縺れる足でどうにか夜四郎の一閃を躱すと、そのまま通りの真ん中に出る。

「……よしなり」

声が零れた。力のない声だったが、美成のもとにははっきりと届いた。

「己《おれ》は、なんだ」

何者だったかと、目を持たない顔が美成に向けられる。縋るような声が放たれる。

「己《おれ》は、なんのために」

掠れたように問う。

「あんたは、無貌《むぼう》は、私《あたし》の大切な友人だよ」

美成は言い切った。

「……」

「無貌《むぼう》、ごめんよ。お願いだよ――」

溢れた声が風に乗る。

なんか見たくないんだ」

「……それなのに、ごめんよ」

　あんたを守れなかった、と零す。手を伸ばす。

「私《あたし》はあんたがいて、楽しかったんだ。あんたを一人にしたくなかった。あんたを幸せにしてやりたかった」

　そうか、と呟く無貌《むぼう》の顔には、やはりなにもなく――それでも穏やかな色が広がった。無貌《むぼう》がだらりと腕を下ろした。刀が手から滑り落ちた。

「それなら……いい」

　無貌《むぼう》の影が揺らぐその隙間を、夜四郎の刀が捉えていた。

　夜四郎の顔は翳《かげ》って見えない。たまも、美成も、身じろぎ一つできない。

「無貌《むぼう》！」

　振り下ろした刃が無貌《むぼう》の面に叩きつけられる。かあん、と高い音が鳴る。のっぺらぼうの身体が黒い靄のように膨らんだ。美成の伸ばした手をすり抜けて、解けて、夜の風に溶けていく。

　真っ二つに割れた面が、音を立てて地面に転がった。

　面の下、露になった光景に、たまは思わずこぼれ落ちになった声を飲み込んだ。

　そこにあるのは、ひとの顔らしき模様だった。目が片方、口はあって、鼻がない。描きかけの顔を模っていた墨も、じわりと闇に溶けて消える。その模様は、たまもよく見知ったものだった。

——美成先生……

無貌《むぼう》がなによりも欲しかった顔。それすらも残さず風は攫っていった。

「……ああ、ちくしょう」

ぽつぽつと、行燈が灯り始める中、通りには美成の慟哭だけが響いていた。

閑話　美成と無貌《むぼう》

きっと永遠に理解しあうことなんてないのだと、最初からわかっていた。勘違いしていたのは、それは何も二人の間での話に限ったものでもないということだ。

お互いがお互いを羨んで、眩しく思って、なんだかんだと言い訳を付けて、直視なんてしないのだ。相手をきっとこうだと型に嵌めた上で身勝手に対応して、それが楽だったのはお互い様だ。

——だってさあ、太兵衛。あんたが私《あたし》を羨ましいのと同じくらい、私《あたし》だってあんたを羨ましく思っていたんだもん。

美成には太兵衛ほどの人付き合いのよさはない。太兵衛ほど友人もいなければ、人に愛されることもない。太兵衛は散々物事を引っ掻き回して、ひっくり返して、大騒ぎをして、それでも「太兵衛さんじゃあ仕方ないねえ」と許して、笑って迎えてくれる人がいた。時には叱って、導こうとする人がいた。

愚直に突っ走って、無邪気で考えなしの筆筋は伸び伸びとしている。描きたいように描いたかと思えば、人の戯言にすぐに流される。笑ったかと思えば泣いていて、そうかと思えば怒っている。自由で、呑気で、甘ったれ。

美成は太兵衛のことがずっと羨ましかった。

期待の分だけ言葉が増える。美成は不器用で、人付き合いがお世辞にも上手いとは言えないから、平行線を行く二人はすれ違っていく。

此度の事のはじまりは太兵衛の一枚絵。美成ははじめからこの絵が気に入っていた。それが実体を持って現れてからは殊更《ことさら》気に入った。

「太兵衛のやつ、私《あたし》のことをわかってないや」

美成を模したという無貌《むぼう》は、美成よりもうんと格好よく見えた。恐ろしかったはずのあやかしは、連れて帰れば仔犬のように美成の後ろを歩き回って愛らしかった。

気まぐれに与えた──無貌《むぼう》という名。

彼方《かなた》のことはわからないが、彼を呼ぶのに「のっぺらぼう」では、美成が「人間」と呼ばれるのと同じだろうと思ったのだ。せっかく生まれたのに、それでは寂しすぎる。

しかし顔がないから無貌《むぼう》とはあまりに安直で、彼の渇きを揶揄《やゆ》しているようで、すぐに溢れた言葉を撤回しようとした。己が「佐伯の三男坊」と呼ばれることを厭《いと》うのに、他人への呼び名には無頓着だなんて……

「己《おれ》は、むぼう、か」

それでも、当の本人はこれを気に入ったらしい。

無貌《むぼう》はなんでも学んだ。字を教えてみても、算盤《そろばん》を教えてみても、絵を教えてみても、竹刀《しない》を振り回させても、なんでも呑み込む。

――よかった、色々と手を出していて。

美成は少しだけ誇らしい気持ちになっていた。兄たちに追い縋って中途半端に齧ったあらゆるものも、いよいよ役立つ時が来たのだと嬉しくなった。

太兵衛が羨む美成の立場も、最初からあったわけではない。

世に言われる天才などでは決してなく、積み重ねてきた時間がある。ただ、恵まれていたのは確かなことで、食う寝る着るに困ったことは一度もない。運もよかった。

世間知らずの捻くれ小僧が、算盤《そろばん》や竹刀《しない》を放り投げ、掴んだ筆がたまたま手に馴染んだだけの話だ。

絵の中は自由だ。お上がうるさいこともあるが、描きようはいくらでもある。幸い、師に恵まれて、彼は厳しく美成を育て上げた。佐伯の不出来な三男坊が、佐伯の天才三兄弟になるまで、嫌な思いもいい思いも積み重ねてきた。

ひたすらに筆を走らせて、美成は己の道を描いた。

次第に運気が向いて、人気が出てくる。それと同時に描きたい絵は中々見つからなくなっていた。まあ、描く題材ならあるし、そんなものかと思っていたところだった。

ようやく描きたいものを見つけた。

「私《あたし》はさ、あんたの顔を描いてみたいよ」

美成は興奮気味に無貌《むぼう》に語りかけた。描いて、何が変わるかはわからない。

「きりりとした切れ長の目もいいね。つぶらな目をしていても可愛いじゃないか。鼻はどうしよう、口の形は、黒子は、そもそも男と女、どちらがいい？」

どうしようもなく、わくわくしていた。

「かおを、くれるのか」

「うん。そうしたら、あんたの渇きも満たされるかもしれないだろ。なんでも描いて見せるよ。私《あたし》はきっとこの為に絵を描いてきたんだろうねえ」

無貌《むぼう》は悩むように腕を組んだ。かと思えば頬に手を添えて、首を傾げる。

呑み込んだ人たちの癖だ。奪ったものは返すように言ったが、残滓はある。声の出し方もそうだった。

「よしなり」

無貌《むぼう》は真っ直ぐに言った。

「おなじが、いい」

「あはは、私《あたし》なんかと同じになってどうするんだよ」

美成はけらけらと笑った。

「まあ、そんじゃあ江戸を離れてさ、双子の絵師としてやっていくのも悪くないかもねえ。ね、無貌《むぼう》、二人で旅に出よう。美味いもん食って、綺麗な景色を見てさ」

結局、ゆっくり決めようと言って、顔を描くことはなかった。あの時に描いてやればよかった、と美成は唇を噛む。辿った先が同じ結末でも、きっと救われるものはあったはずだ。

割れた面を拾い上げる。

無貌《むぼう》の何もかもが消え去っても、それだけはそこに残っていた。凹凸ない表面を撫でると、仄かに温かな感覚が蘇る。

「……全部あげるって言ったのにね」

約束も、彼自身のことも、何一つ守ってやれなかった。

美成にできることは一つだけ——絵を描くことだけだ。

拾

夜四郎は胡座を組んで、境内で遊ぶ烏を眺めている。ガアガアと喧しいが、基本的に飯を食うばかりで、夜四郎から近づきさえしなければ攻撃もしてこない。

「おたまのところへ行ってやれよ……」

そう言っても、烏は素知らぬ顔で跳ね回るだけだった。

のっぺらぼうの騒動が終わって、あっという間に五日経っていた。太兵衛は戻ってきた美成に諸手を上げて喜んだが、たまは難しい顔で考え込むし、美成は声もかけられないほどに沈んでいた。斬った張本人がかけられる言葉もなく、あの日別れたきりだ。

たまは今朝になってようやく顔を見せた。踏ん切りがついたのか、あるいはつけるためにか、普段以上に集中してあやかし手帖を描いた。たっぷりと時間をかけて「やっと出来ました」と誇らしげに宣言したたまは、絵を乾かす間に一度志乃屋に戻って行った。

――気にしていないないのなら、それでいい。

そっとたまの描いた絵をなぞる。

たまが作ろうと言ったあやかし手帖は、たまが絵を描いて夜四郎が文字を添えて作られる。のっぺりとした面の侍と、美成らしき男の絵。夜四郎は添える言葉を考えて、しばらく悩んでいた。紙の上は自由だ、なんとでも書ける。しかし、相応しい言葉が見当たらない。

そうやって悩んで、どれだけ経った頃か。人の気配に夜四郎は目線を上げた。

「……美成先生」

僅かに目を見開いて、慌てて立ち上がる。

傾いた門のところに、派手な着流し姿で不機嫌そうに口を尖らせた男がいた。風呂敷包みを大事そうに抱いて、夜四郎の視線に気がつくと、大股でやってくる。ガア、と鳴いた烏は飛び立った。

美成はそれをちらと見てから、すぐに夜四郎に向けて手を挙げた。

「や、いつかぶりだね」

「ええ、まあ……」

座り直して、目の前に立った美成に微笑みを返した。

「志乃屋にいらしてくだされば、たまがいましたのに」

「なんだい、ここに来ちゃ悪いのか」

「まさか、そんなことは言っていませんよ。生憎このような暮らしなものでして、茶の一つも出せませんが、よろしかったら座っていってください」

夜四郎は煎餅座布団を勧めると、意外にも美成は静かに腰を下ろした。

またも夜四郎は面食らった。何をしに来たのか、と思考を巡らせる。

「まったくさ、あんた、顔色一つ変えないとはね。おたまさんといる時はころっころ表情を変えてんのにさ。嫌ンなるよ」

「驚いていますよ。あなたの方からきてくれるとは思わなかった」

どうだか、と美成は鼻を鳴らした。

暫し、夜四郎も美成も口を開かずに、風の流れる音ばかりになる。草木が揺れて、砂煙が立った。

たまがいれば弾む会話もあっただろうが、生憎と夜四郎は器用にできていない。相手が黙っているなら、それでいいだろうと黙っていた。

「これは兄さんが描いたのかい」

ようやく、美成が口を開いた。目はたまの描いた絵を見つめている。

「いえ、おたまです。私に絵心というものはありません」

嘘ではない。夜四郎が描けば、人もあやかしも動物も同じような姿になってしまうに違いない。

「そう、これがあやかし手帖か。おたまさんの言っていたやつだねえ。知って、記憶して、残すためのものかい」

美成は紙上ののっぺらぼうに目を細めた。いいことだと呟く。

「ま、いいんじゃない。ちゃんと名前は残しておいとくれ」

「ええ、わかりました」

夜四郎は静かに頷いた。

美成が持ってきていた包みを解く。中にあるのは、あの晩、夜四郎が割った無貌《むぼう》の面だった。半分に割れた面は、綺麗に貼り合わせられていた。

愛おしそうに、美成の指先が表面を撫でる。

「最近さ、太兵衛と競っているんだよ。どちらがこれにいい顔を描けるかってね。あの太兵衛がしつこくてさ。描かせてくれって強く主張するんだもん。まったく、最初からそんくらいのやる気を出してくれりゃあさあ、何もかもよかったのに……後の祭りだけどねえ」

あれ以降、夜四郎も太兵衛の姿はしょっちゅう見かけていた。忙しくしているらしいが、やはりイマイチ評判は出ないらしい。空回りは相変わらずだそうで、しかし、以前よりも精力的になったと、美成は語った。

「でも、勝負なんてしてやんないよ。あいつに渡すもんか。……私《あたし》は近く江戸を出ることにしたんだ」

鼻を鳴らして、誇らしげに美成は言った。

「おたまから聞きましたが……寂しくなります」

「ふん、どの口が言うんだよ。本心かどうかもわかったもんじゃない」

「本心ですよ。……それで、どちらに行かれるのです」

「さあね、まずは知り合いもいるから上方か、伊勢でもいいかもしれないねえ。気が向けばどこへでも行ってみるよ。やりたいことはたくさんあるんだ。あんたらに対抗して、あやかし絵草紙を作ろうかとかさ、綺麗な景色を描き溜めておこうとかさ、色んな人の顔を見ておこうとかさ、本当に」

美成が夜四郎に向き直る。夜四郎もこれに応えた。いつか、初めて会った日のように向き合う。美成は真っ直ぐに夜四郎を見据えた。

「ねえ、夜四郎さん。無貌《むぼう》は……死んじまったのかい？」

「彼方《かなた》のことは私にはわかりませんよ」

夜四郎はゆるりと頭を振る。

嘘は吐いていない。彼方《かなた》で別の形になって生きているかもしれないし、此方《こなた》で消えて、向こうでも消えたのかもしれない。そもそも彼方《かなた》と此方《こなた》、ものの在り方から何まで異なるのだ。明確な終わりがあるものの、あっても極めて永いものの、さまざまだ。

無貌《むぼう》は彼方《かなた》のどこかにいるかもしれない。きっかけがあれば、また戻ってくるかもしれない。その時、あれは何を思うのだろう。

少しだけ、美成は嬉しそうに表情を緩めた。

「そんなら……私《あたし》は私《あたし》のために無貌《むぼう》を捜すとするかな。旅をして、あの子に見せたいものをうんと集めてさあ。ひょんなところでまた会うのさ。話したいことも山ほどある。楽しいことをたくさんして、今度こそ、二人で暮らすんだ。それが素敵な物語じゃないか」

その時に顔を描いた面を渡すのだと言った。今はまだまっさらなそこに、いつの日にか顔が描かれることもあるのだろうか。

きっと、描かれたそれを夜四郎が見ることはない。

「出会えるといいですね」

「ふん、他人事みたいに言うじゃない。言っとくけど、この前のことについちゃ、言いたいことは山ほどあるんだ。口に出さないけどさ、忘れてやるものか」

「あなたに赦されるなどとは思っていませんよ」

「赦さない。一生恨みがましく言ってやる」

ピシャリと言い放つ。それでも、嫌味のない言い方だった。美成はふう、と息を吐いて、空を仰いだ。

「なあ、夜四郎さん——あんたはなんで、あやかし斬りなんてしているの。こんなところに居着いてまでさ」

聞かないと満足できない、と付け加える。一つ区切りをつける為だとも付け加える。美成はこれを聞きに来たのかと、夜四郎は苦笑した。

夜四郎は目を閉じて、少しだけ考え込む仕草をしてから、口を開く。

「私にとって大切な人の側に、あやかしがいたのですよ。気がついたのは、偶然でしたが……これが色々と口の上手いあやかしでしてね。色々と耳障りのいい言葉を並べていたが、私の目にはあいつの首に手を掛けているようにしか見えなかった。斬らねばならぬと事を急いだんです」

思い返すも忌々しい、しかし忘れることなどできない記憶だ。

「その過程で大切なものを奪われたんですよ、先生。すべて、盗られたものを取り戻すためにやっていることとです」

美成はゆっくりと瞬きを繰り返した。そうなの、と小さい声で呟く。

「えらくちゃんと教えてくれるじゃないか。てっきり、はぐらかされると思っていたけど」

「話すべきだと思えばはぐらかしたりなんかしませんよ。あの晩は誰の為でもなく、私は私のために戦っただけなんです。正義や義憤に突き動かされたわけでもない」

あの晩のことは後悔していない。美成には悪いとは思っても、ああするしかなかったとも思っていた。たまはなんとかできたかも、と気にしていたが、あれが夜四郎にできる全てだったのだ。

無貌《むぼう》はどのような形であれ、人を食ったから斬った。

から太はたまを守り、人に害為していないから斬っていない。

それだけだったが、美成と無貌《むぼう》、たまとから太の姿は、夜四郎には見慣れないだった。ろくろくびの件もそうだった。人同士でもわかり合えない世の中なのに、あやかしと人との共生など、夜四郎には到底わからない世界だ。

それもあって、ずっと考えていたのだ。

のっぺらぼうに添える物語は——ただの人食いの化け物ではなく、絵師と一人の友の物語がいい。

——そちらの方が具合がいいだろう。

きっとたまも気に入るだろうと考える。それが何よりも大事なことだ。手帖の発起人が気に入らないと、意味がない。戸棚にしまい込まれていつか忘れられてしまえば、本末転倒だ。

「夜四郎さんは、案外真面目なんだねえ。もっと嫌味なやつかと思ったけど、あんた臆病なんだね」

美成はのんびりと言って、よかったよ、と続けた。

「言っておくけど、あんたのことは嫌いじゃない。ちゃんと知り合いたいとは思うからさ——いつかさ、お互い会ってもいいやってなったら、どこかで麦湯でも飲んでゆっくり話そうよ。そん時は、あんたももっと洒落た格好をしな。黒でもいいが、頭からつま先までよれよれなのはどうかと思うよ」

「生憎とこれが一張羅なので……」

「おや、それならあんたに私《あたし》のをいくつかやるよ。私《あたし》ら、背丈は同じくらいだろ。まあ、肩は少し窮屈かもしれないけど、それは追々仕立て直せばいいさ。すべて旅に持っていくわけにもいかないし、荷物になるしねえ、何枚かあげるよ」

「お気遣いなく、結構です」

「遠慮するなって」

古着でよかったら私《あたし》の着物を、と美成が言うのを、夜四郎はきっぱりと断った。着るものが増えるのは大変有難い申し出なのだが、美成の好む柄はいささか派手なものばかりなのだ。

そろそろ行くよ、と美成が腰を上げた。夜四郎が見送るつもりで立ち上がるのを、そのままでいいと手で制する。

「今の私《あたし》らの距離はこのくらいがいいんだよ」

濡縁《ぬれえん》から一歩二歩と離れて、美成はつんと澄ました顔でひらひらと手を振った。

「じゃあね、夜四郎さん。またいつか」

「さようなら、美成先生。無貌《むぼう》にもよろしくお伝えください」

「さあね、それはどうしようかな」

悪戯めいた笑みを浮かべると、美成はきりりと背筋を伸ばして、真っ直ぐに歩き始めた。

夜四郎は座ったまま、それを見送る。

終

ぱらぱらと風に遊ぶ手帖を手に取って、たまは改めて眺めた。

風は冷たいが、膝にから太が乗ってきてほんのりと暖かい。夜四郎も寒いのか、少しくたびれた首巻を引っ張り出してきた。彼の持ち物にしては少しだけ派手なそれは友人からの貰いものらしい――というよりも、破れ寺《やでら》にあるほとんどはあやかしごとで関わった人たちからの贈り物だ。最初よりもうんと賑やかになった室内を見回して、

「こういった縁はありがたいな」

夜四郎はしみじみと呟く。

増えていくのはものだけではない。人が増えれば、耳が増え、目が増え、そうすれば二人の元にやってくるあやかしごとも多くなる。あやかしごとに触れるだけ、縁が増える。

手帖に綴られるのは二人と一羽で追ったもの、夜四郎だけで追いかけたもの、色々だ。事件というには小さなこと、てんやわんやで追った大きなこと、それも様々だ。

色々あったなあ、と夜四郎は伸びをした。

「もう少しばかり、付き合ってくれるかい」

「あい。もちろんです、夜四郎お兄さま」

冗談めかして笑いながら、たまはから太を撫でた。手帖が完成する日がいつの未来であるかはわからない。その時、どうなっているかもわからない。

——夜四郎さまの身体が戻っても、おんなじようにお話しできればいいな。

ひょんな出会いから始まったこの物語ももう少し続きそうだ。夜四郎には申し訳なく思いながらも、たまにはそれが少しだけ、嬉しい。

「さあ、そろそろ行こうぜ、おたま」

夜四郎が立ち上がって、たまも慌てて支度を整える。そっと手帖の表紙を閉じた。

——今日のところは、これまで。

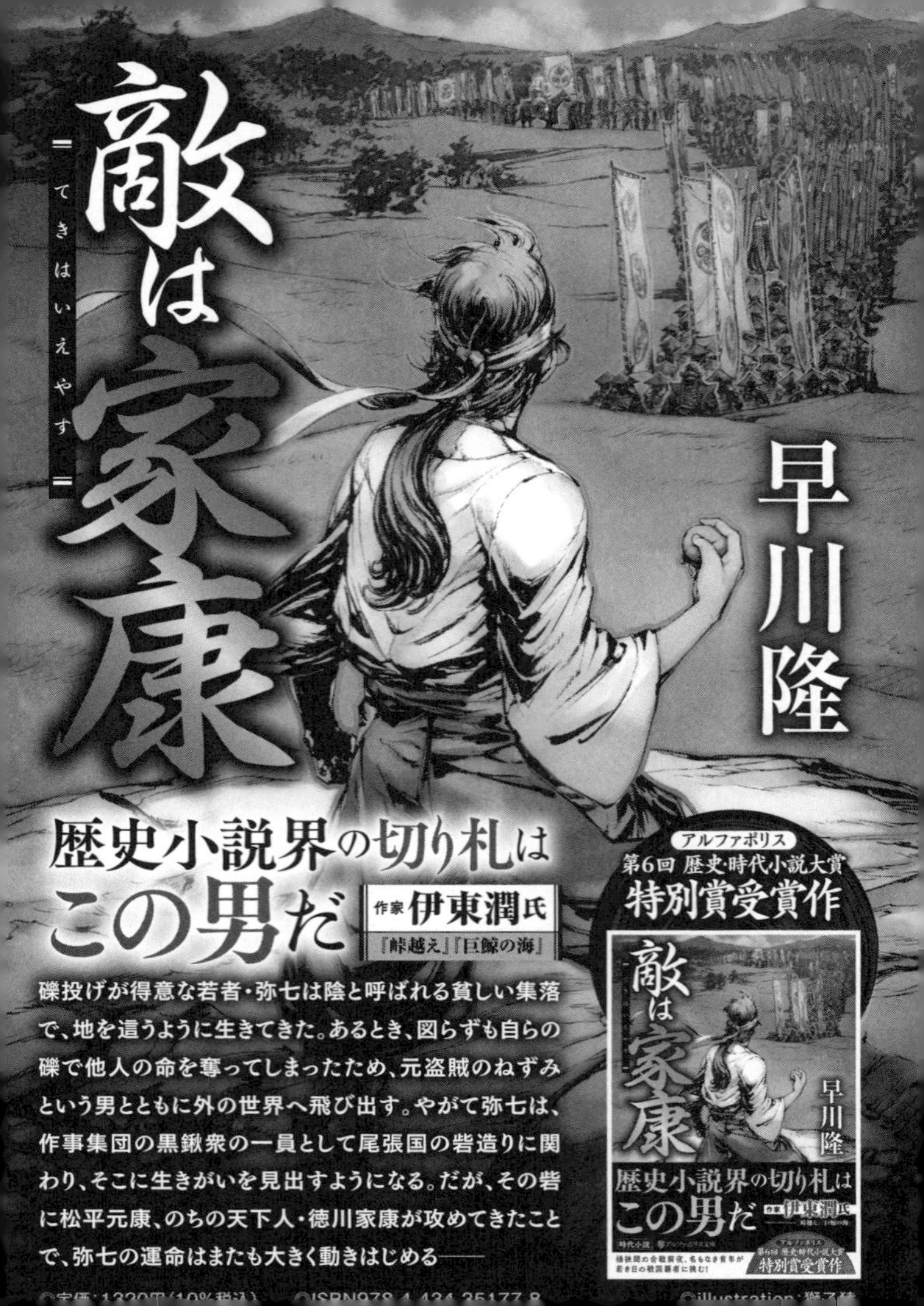
敵は家康
てきはいえやす
早川隆
歴史小説界の切り札は
この男だ
作家 伊東潤氏
『峠越え』『巨鯨の海』
アルファポリス
第6回 歴史・時代小説大賞
特別賞受賞作
礫投げが得意な若者・弥七は陰と呼ばれる貧しい集落で、地を這うように生きてきた。あるとき、図らずも自らの礫で他人の命を奪ってしまったため、元盗賊のねずみという男とともに外の世界へ飛び出す。やがて弥七は、作事集団の黒鍬衆の一員として尾張国の砦造りに関わり、そこに生きがいを見出すようになる。だが、その砦に松平元康、のちの天下人・徳川家康が攻めてきたことで、弥七の運命はまたも大きく動きはじめる——
敵は家康
早川隆
歴史小説界の切り札は
この男だ
作家 伊東潤氏
時代小説
桶狭間の合戦前夜、名もなき青年が
若き日の戦国覇者に挑む！
特別賞受賞作
◎定価：1320円（10%税込）　◎ISBN978-4-434-35177-8　◎illustration：獅子猿

本所・松坂町に暮らし、三味線の師匠として活計を立てている岡安久弥。大名家の庶子として生まれ、市井に身をひそめ孤独に生きてきた彼に、ある転機が訪れる。文政の大火の最中、幼子を拾ったのだ。名を持たず、居場所をなくした迷い子との出会いは、久弥の暮らしをすっかり変えていく。思いがけず穏やかで幸せな日々を過ごす久弥だったが、生家に政変が生じ、後嗣争いの渦へと巻き込まれていき――

◎定価：869円（10%税込）　◎ISBN978-4-434-33759-8　◎illustration：立原圭子

この作品に対する皆様のご意見・ご感想をお待ちしております。

おハガキ・お手紙は以下の宛先にお送りください。

【宛先】

〒150-6019 東京都渋谷区恵比寿 4-20-3 恵比寿ｶﾞｰﾃﾞﾝﾌﾟﾚｲｽﾀﾜｰ 19F
（株）アルファポリス　書籍感想係

メールフォームでのご意見・ご感想は右のＱＲコードから、
あるいは以下のワードで検索をかけてください。

アルファポリス　書籍の感想　検索

ご感想はこちらから

アルファポリス文庫

辻《つじ》のあやかし斬《ぎ》り夜四郎《やしろう》
呪《のろ》われ侍《ざむらい》事件帖《じけんちょう》

井田いづ（いだ いづ）

2025年 2月 5日初版発行

編　集－徳井文香・森 順子
編集長－倉持真理
発行者－梶本雄介
発行所－株式会社アルファポリス
〒150-6019 東京都渋谷区恵比寿4-20-3 恵比寿ｶﾞｰﾃﾞﾝﾌﾟﾚｲｽﾀﾜｰ19F
TEL 03-6277-1601（営業）　03-6277-1602（編集）
URL https://www.alphapolis.co.jp/
発売元－株式会社星雲社（共同出版社・流通責任出版社）
〒112-0005 東京都文京区水道1-3-30
TEL 03-3868-3275
装丁イラスト－おとないちあき
装丁デザイン－しおざわりな（ムシカゴグラフィクス）
印刷－中央精版印刷株式会社

価格はカバーに表示されてあります。

落丁乱丁の場合はアルファポリスまでご連絡ください。

送料は小社負担でお取り替えします。


ISBN978-4-434-35024-5 C0193